初夏的鲸和少女

汪抒 著

长江出版传媒 | 长江文艺出版社

图书在版编目（CIP）数据

初夏的鲸和少女 / 汪抒著. -- 武汉：长江文艺出版社，2023.8
ISBN 978-7-5702-3042-6

Ⅰ. ①初… Ⅱ. ①汪… Ⅲ. ①诗集－中国－当代 Ⅳ. ①I227

中国国家版本馆CIP数据核字（2023）第054540号

初夏的鲸和少女
CHU XIA DE JING HE SHAO NV

责任编辑：谈　骁	责任校对：毛季慧
封面设计：祁泽娟	责任印制：邱　莉　王光兴

出版：长江出版传媒　长江文艺出版社

地址：武汉市雄楚大街268号　　邮编：430070
发行：长江文艺出版社
http://www.cjlap.com
印刷：湖北新华印务有限公司

开本：880毫米×1230毫米　1/32	印张：10
版次：2023年8月第1版	2023年8月第1次印刷
行数：4908行	

定价：68.00元

版权所有，盗版必究（举报电话：027—87679308　87679310）
（图书出现印装问题，本社负责调换）

汪抒

出生于安徽肥东县。中国作家协会会员。二十世纪八十年代开始创作并发表诗歌作品。出版有诗集《苍穹下的身体》(百花文艺出版社)。

目 录

卷一 2004—2010

潜水 003

少数人 004

绽放 005

钟油坊火车站 006

南京、成都 007

海滩上的沙粒 008

现在我真的相信 009

淹没 010

在水上跳房子的孩子 011

不可解释的静物 012

哪只手先将门推开 013

这一天我不断遇到余地 014

火车 015

重新做人 016

未成的周城之行 017

乌江 018

019　在北京下火车

020　北盘江

021　手扶拖拉机上的草垛

022　彻夜长谈

023　一身冷汗

024　在某诊室

025　热度

026　那些水鸟突然散开

027　从超市买了一条来自海洋深处的冻鱼

028　早春傍晚急骤的雨

029　虚无和寂静就站在身旁

030　我能将自身不断放下

031　地铁

032　正是我在梦中一直所要抓住的幽暗

033　鱼汤

034　被废弃的火车站

035　主人精于茶道，在他家客厅墙上，我看到这只鹰的标本

037　擦拭

卷二　2011—2017

041　夏卡的下午

043　二重奏

045　一列火车慢慢南移

青岛 046

江阴 047

庐山 048

在栲槎山下王铁乡夜饮 050

给祖父 051

给父亲 052

皮具店 053

霜降 054

珍品 055

火车站 056

那苏醒于你心底的 057

太极拳练习者 058

热雨 059

随意 060

谁又能看见,并且记住 061

石灰字 062

永别 064

银川 065

五月二十五日夜之大雨 067

船过巫峡、瞿塘峡 068

绍兴 070

二重反映 072

火车穿过山西、陕西、宁夏和甘肃 073

二月十九日,鳕鱼 075

沉溺和屈服 076

077　人到中年，可以有一次蒙古草原上的旅行

078　许多镜头令人难忘

079　八月，还在八月之中我就开始回忆八月

080　晨起的豆浆

082　九月二日，农历八月初九，卧听午后大雨

084　切割水泥路面的人

086　十月八日，月食，随记若干行

088　渣土车

090　处理

091　一个藏地的孩子

092　超级月亮

094　在嵊泗列岛上

096　泳者

098　下象棋

099　雪豹

100　搬家

101　马皮

103　夏日的火车

104　吃鱼

105　阿尔山火车站

106　从海拉尔到满洲里

108　边境公路

109　火星

111　潮湿的火车

112　一次乘出租车的经历

不屈地沉浮 113
吸泥船 114
细雪 115
搭便船 116
黑色皮衣 117
江豚 119
载走 120
微弱的凉气 121
过南淝河大桥 122
死去的汽车 123
床上 124
残酷的艺术品 125
海边的正午 126
白鹭 127
默默站立 128
剪辑师 129
透明 131
旧冰 132
从火车上看到山丘上的风力发电机 133
鸵鸟 134

卷三 2018—2021

天文现象：红月 137
"易碎" 138

139 文身

140 "列车五点二十二分进站"

141 那个夏天

142 传递

143 听觉

145 "野生大鱼"

146 割草机

147 玩鹰的男子

148 阴雨天

150 陌生人

151 另一个身体

152 手术台

154 大鱼

155 在地下车库

156 客船

157 1985 年,或者 1986 年

159 城东曾经确实有一座飞机场

161 飞机上

163 就要来了

164 芜湖路

166 雨夜

167 猎枪

169 在火车上

170 避开

171 在苏州

忆清晨　172
街道　173
冷艳　174
从富阳到桐庐　175
桐庐　176
钱塘江边夜行　177
海上　178
脸　179
旧货　181
从桥的北边钻出来　182
在拉萨看到月亮　184
拉萨河　185
我一颗久悬的心，终于放下来　186
雅鲁藏布江　188
喜马拉雅　189
我听到是一个面具在唱　190
趣味　191
惊心的夜晚　193
工地　194
在扬州大明寺　195
地铁开向三十埠　196
忘记　197
光滑的身上　198
出梅还早　200
去邮局寄信　201

- 202 悲痛的认识
- 203 游泳
- 204 听觉
- 205 夜游青弋江口
- 206 蓝色的星星
- 207 船只观察者
- 208 霜降
- 210 与朋友在扬州大学食堂吃兴化鱼汤面
- 211 金山寺,一个夏日的正午
- 213 镇江
- 214 叙述
- 215 乌兰木伦河
- 216 鄂尔多斯街上
- 217 北方的诱惑
- 218 阴山
- 219 南方村志:变迁史
- 221 某条大鱼
- 222 南方村志:神秘的根源
- 224 在岷江上开船
- 226 这个意思
- 227 我们拥有的东西很少
- 228 南方村志:水麻布
- 230 南方村志:从未有人见过他们
- 231 白色箭头
- 232 这也是光芒

大鱼	233
小说：Y城记	234
雾也使我	235
南方村志：也有人说	236
过江	238
被拆了	239
看一个画展	240
还有一个美女要来	242
货船	243
另外一个男人	244
我在写一本有关身体美学的书	245
一列货车	246
另一艘轮船	247
生命的秘密已被我洞察	248
初夏的鲸和少女	249
游戏	250
她们不等车	251
沿着河堤走	253
年代	254
差异	256
让车	258
邮筒	259
根本没看过	261
华北平原上的月出	262
春夜	263

264 下雨的消息

265 不可复述

266 在某某酒楼

267 射箭馆

268 神秘的光源

269 鱼头

270 返程

271 一部分的明亮

272 下午的鱼市

273 上海,九月末的一个黄昏

274 红色的房子

275 从江底隧道过江

276 在松江吃鱼

278 大地的喉咙

280 冬晨等车

281 电线杆

282 不明的年代

283 兰州梦幻曲

284 穿过

285 祁连山

286 旅途

288 眼神

289 晦暗之火

290 清澈的光芒

291 走过

号叫 292

今天这么早 293

卧铺 294

天气已凉 295

没法洗掉 296

雨水 297

眺望 298

去齐城玩 299

实现 300

坐在卡车车厢中 301

后记 301

卷 一

2004—2010

潜　水

这个村子一直在水下
不会潜水的人
不能回到他的家乡
我在外多年
已经荒废了游泳的技艺
现在我就像一只号叫的鸟
一头向水下扎去

2004.11

少数人

梧桐树已开始清理自身
它们不止一棵
在芜湖路上连绵不断
有一部分路灯的光芒在密叶中
既不能向上
也无法顺畅地垂向街边

只有少数人才意识到,新的世纪才开始不久
可一旦警觉,也就迅速衰老了
夜色中的脸孔
忽隐忽现
这是指外面的行人,而不是我们在
小铺子里喝酒的情形
一艘船开来过
一列火车也开来过
但我回去的公交车还没来

大钟楼上的钟声一直没有准时踩过耳畔
夜色难尽,它已被酒气彻底改造过

2004.9

绽　放

那不知来源的光线,能否伸出
直直的双手
仿佛硬朗的梯子

在这栋楼一侧深深的黑暗中
我发誓,我并不知道楼顶上
有一盆花
正在毫不隐晦而又
诡秘地绽放

2004.9

钟油坊火车站

钟油坊火车站
卡在撮镇火车站和合肥火车站
之间
但更靠近合肥

它比撮镇火车站更小
慢车在这里停
我所知道的慢车都来自芜湖

我没有来由地紧张
在钟油坊火车站,有一次天快黑了
我一伸手捉到了车厢外的彗星尾巴

仅仅只是那一次,从此
我承受着极大的伤害

2004.10

南京、成都

有个人来到成都
他带来南京

可南京在哪儿
大家问

南京就在车上
就是这列火车

但这列来自南京的火车
现在已经开走
向它的下一站

这样说
南京其实是动态的
即使我们看到了这列火车
还是无法确定南京

2004.10

海滩上的沙粒

谁能料到头顶上那么急的暴雨

现在我还是回到之前天气晴朗的
那个时间段里
可能是两点多，也可能是三点钟
对时间的记忆我总是吃力

那时我先是坐在海边较高的地方
看别人下海游泳
后来觉得还是要再向下坐低一点
再后来，便把鞋脱掉
给不想动的邓志木看管
他的身边已整整齐齐摆放了
十七双鞋
（那些人都已经去游泳）

所有的鞋边都沾上了似乎擦不掉的
海滩上的沙粒

2004.10

现在我真的相信

由于用错了词
我误导了一次旅行
那么多的词
都像兄弟们的脸孔
我随便指了一个
因而我便踏进了另外一个时间
转到另外一个方向
一次错误的决定
回忆以后就不再是错误
好像在另外一个时间里
真实地发生过
现在我真的相信
我不是背道而驰

2004.11

淹 没

那样清澈、独立的声音
很快在一片众多的声音中
被淹没
也许它太微小、太弱

说大一点吧,他想
但是这大一点的声音
很快又在众多的声音中
被淹没
寻找不到丝毫的踪迹

他太小、太微弱
干脆不再开口
那样清澈、独立的声音
于是绝种

2004. 10

在水上跳房子的孩子

先是一个人看到
他吃惊
但不敢说
后来憋不住
接着第二个人看到
第三个人看到

河面的月光上
两个多年前不幸溺亡的
小女孩
正在玩跳房子
旁若无人
跳得又准又漂亮

大家在黑暗中都看到
静静地屏住呼吸
其中一个女孩的婶母
终于轻轻地说
如果还活着
她们的孩子也有这么大了

2004.10

不可解释的静物

共有六股轨道

最外侧的那股铁轨上
停着一长串货车的车厢

而另一个火车头
却停在离我最近的这股铁轨上

它们本来就不是一列火车
还是一列火车却被暂时
分开

在火车站
总有许多不可解释的静物

2004.12

哪只手先将门推开

纬二路
略萨出没的地方
傍晚行人匆匆
我和乌乌走进"美味食府"
刚才出租车上
我说叫一下马尔吧
乌乌借我手机和略萨大声说话
他说要么我买单,要么你去通知马尔
或者反过来
很快我们就知道了结果
略萨选择了后者
马尔没有手机,也不在家中
通知他只有在网上留言
我和乌乌看着暮色中的纬二路
不知道先到者是略萨
还是马尔
哪只手先将门推开

2005.1

这一天我不断遇到余地

余地是我朋友

我们从未见过

他今天中午从昆明

冒着阳光给我打来电话

后来在阴冷的街上

迎面走来一个穿灯芯绒夹克

竖着衣领

清瘦的小伙子

我瞅了瞅他的身影

可能就是余地

后来又遇到一个圆脸的

戴副大眼镜

很宽厚地微笑

正从车门里迈出腿

这也可能是余地

这一天我不断地遇到余地

2005.1

火 车

从窗口难以看到他准确的身影
那样飞速,每一个窗口不停地闪过
但我还是渐渐看清了
我多年前的兄弟,他现在
就坐在每一个窗口后面,消失多年以后
他的身影在寒冷不断闪耀的我的眼前
显现出来
那么多的窗口
但我清楚地看到同一个人

2005.2

重新做人

一盏灯在黑夜中挖掘
它把挖掘出来的词语
摆放在一边
让我清楚地看到
我怀疑所有被它挖掘出来
的词语
已不是原样
在一个我不可知的过程中被改变
我因为目睹这些被改变的词语
而得以不断地重新做人

2005.2

未成的周城之行

最近几天还有雨雪
所以,不能到周城去
乌乌特别怕冷
白旅在外地还未回来
我担心春节期间去别人的家中
多有不便
这让翘首相盼的艾子失望
马尔更失望地放下电话
不然我们这一行四人
会在艾子的引领下
正从周城出发,缓缓地行进
去附近的山中

2006.2

乌 江

乌江
我没有能力去窥其全貌

它的波涛模糊
大如石块

石块又将天色弄暗
一个牵马的人脸色陷入困惑

山势连绵,努力避让着江水
它比江水稍稍讲理

牵马的人,汗水凉透
他自认为没有看见乌江

2006.11

在北京下火车

风一下子胀满我的周围
阴影和寒冷都按捺不住自己

阳光明晃晃的,风很清
那么多各种人物,风景应该隐去

一下火车,我发觉我穿得太单薄了

2008.10,北京

北盘江

湍急的山
和安静的水

那是北盘江剧烈转弯的地方
大地正微微地喘气

难言的兴奋
已从我心头有力地流过

现在,涌起的是羞耻
生存就是一种羞耻,它让我羞耻到
几乎没有立足之地

黑夜就高悬在我的前方
迟迟不敢降临

2009.1

手扶拖拉机上的草垛

那么庞大的一垛稻草
在突突的颤动中
它几乎遮掩掉手扶拖拉机的整个后厢
也抹掉了前面驾驶员的背影

从天空中投射在稻草上的光
慢慢地变换角度

那个远远地跟在它后面孤独前行的人
可能是我
——应该将耳朵堵住,眼睛闭上
而在空气中不停地洗一洗清香的鼻孔

2009.2

彻夜长谈

长达一个月的连阴雨
那个人一直把雨衣穿在身上
没有脱掉
雨衣已深深陷进他的血肉之中

我一直想与他做一次彻夜长谈
柔和的灯下,疲倦孤独地袭来
就在失去清醒的片刻
我与他迅速合二为一

2009.3

一身冷汗

我正在去机场的路上
——也许我正在去机场的路上

机场还很远

没能看到任何一架飞机
静止的,或缓缓飞翔的
我也表达不了天空的颜色
如果我此刻用胳膊碰碰身边的人——
那可能也是一个
空空的座位

我为乌有的机场,惊出一身冷汗

2009.9

在某诊室

我的血管够粗的
可护士却扎了我两次

我仰首打量着天花板和日光灯,它们半新不旧
吊瓶好小
一滴滴药液,由时间精确地安排
滴落下来,然后沿着透明的塑料细管
我的右胳膊渐渐变凉
(左手背上的那次没扎准)
越来越凉,仿佛被一个冰凉的梦魇压住
它已不是我的右胳膊

我用左手翻开前面病人丢在椅边的旧报纸

我闭上眼睛,在这清醒的状态中
我听到诊室中各种特有的声响

2009.11

热　度

服务生裹着一身昏暗，立在不明之处
而每一排躺椅的空隙之间
都零零散散蹲伏着做按摩的技师
她们捶捶打打

各个躺椅边的液晶小电视上
不同的声调，低低的，混乱，连绵起伏
有人仰起身来，接住
轻移脚步的服务生送来的白开水

温热的气息充斥每一个角落
模糊的光线在你的注视或不注视中
自生自灭，但始终纠缠

我在邻居轻微的鼾声中，一直是清醒的
黑暗中睁着眼睛，仿佛不是躺在这里
没有人不受自己身体的操控

2009.11

那些水鸟突然散开

在深夜
我从失眠中起来

独坐在黑暗的客厅
时间不断堆积

我随手摸到一把坚硬的工具
修理船只

双腿被寒冷的海水浸泡
而那些水鸟突然散开的速度,极具语言的天分

2009.12

从超市买了一条来自海洋深处的冻鱼

这条鱼被冻得硬邦邦的
但它的记忆应该冰存了下来
我的手触摸了它
现在,它的记忆应该转移到我的身上
我不是鱼,但我拥有了
一条鱼关于海洋深处的最寒冷的记忆
那超验的云影从未落到过它的身上
它的一生就是一个梦游者全部的经历

2010.2

早春傍晚急骤的雨

早春傍晚急骤的雨。
是间歇的。

坚定的灯光
把时间拖向茫然的不可知处。
一个人
在怀想自己的
紫色。

而浸于水中的榆树黝黑的枝条。

生活的横切面。
一个人完全可以把手伸进
未发生之中去。

2010. 3

虚无和寂静就站在身旁

山谷是狭小的
我却让它变得无限宽大

雪水曲折,在石头之间收拢成止不住的一束。
苔藓幽暗而寒冷。

一匹马瞬间站住,然后消失
我建一所房子,虚无和寂静就站在身旁

2010.4

我能将自身不断放下

水在更高处,波光粼粼

我确实看到了
自己的台阶。

身体很容易被
腐败的言辞
所满足。
一个人的新生必须拥有虚空的步子。

永远的渴意,使我欲望的成分
不断减少
并且我能将自身不断放下。

2010.5

地　铁

当我想到地铁的时候
我们正在床上相拥,我的手
正抚向她的肋骨
车厢已经有些陈旧了,但在飘浮的灯光中
却像新的一样
我没有在地铁无声的穿行中将手拿开

我在愉快的轻微的震颤中,身体
仿佛已穿过十年的风雨

2010.5

正是我在梦中一直所要抓住的幽暗

我的思想所到之处,语言全部溜走
而当我抽身而返
它们又全部复归原位。

我在一张桌子边独坐良久。
桌沿硬木的清香,让我几次把手上要做的事
又轻轻放下
而我的脚踢到了海水,原生的波涛
带走的力量,正是我在梦中一直所要抓住的幽暗。

2010. 8

鱼　汤

如果提及她的单纯、耐心
以及高超的技艺
那么肯定显露出我的笨拙

我无法描述这一小盆鱼汤

无法描述它对我的味觉，甚至嗅觉
彻底的颠覆
一只猫，欲望中的修炼
待在我跃跃欲试的身体中

我问：她去了哪儿
为什么没有听到她消失的脚步声

但这盆鱼汤
却停泊在我的眼睛中

胃是最小的宇宙，星辰燃烧，一万条鱼
飞翔的轨迹
深不可测

2010.9

被废弃的火车站

一只黑猫
蜷在候车室的门前,日光照耀
它浑身闪耀着刺眼的静电
(候车室曾被一个制衣公司租用
但此刻,早被一把铁锁
了结了一切)

火车闷头而去
战栗仍然通过地面向我的脚底传递

天色太高,那几排低矮的平房
有的已空,有的仍有人居住,墙上的红砖
颜色早冷了下来,止住沸腾的心肠
院子中同样用红砖砌成的水塔
一枝独秀,需要仰望,目光随着纠结的藤蔓
围住它多年来满腹巨大的亏空

时间的浪涛,汹涌成天上无语的云朵

它把我脚底的战栗抽走
它把更强烈更醉人的静电,赋予我的身上

2010.9

主人精于茶道,在他家客厅墙上,我看到这只鹰的标本

是的,它死了
但它所见过的比我见过的要多

我的内心迅速筛过连绵的事物
最终只保留了雪
很薄的雪,这只鹰凌厉的双翅、喙
和锋利的爪子上,没有积存一丁点儿雪
但是沾染了
太深的无法描述的雪的寒气

但它所见过的没有我见过的多
因为它远离人间

如果很多年前我就能踏上旅途
我一定会和它相遇

它电光似的眼睛,从薄雪的天空中
俯视到寒气更深的山径上
一个人踽踽独行的影子
像它的兄弟

孤独是千斤重的岩石
跟随着它，在它的内心漂浮

是的，这只鹰一直有力地活着，霍霍生风

2010.12

擦　拭

我的脸总是无法确认
它混淆于江南不堪的旅客里

夜之迷离
使我的手不断擦拭紫色的灯，却无法恢复
镇江本来的面目
春色的稀汁，是我最直接的美味

一生中最惊心动魄之事就这样无声无息
像水草，也像桥面下的浮萍

每一个站点都是模糊的，包括接下来的目标
再接下来的目标
我是胆小的，也是羞愧的，我怀疑自己身体中的磁性
当然是指血液的磁性，乱鸟飞翔
但它们都烙下了明确的轨迹

"我并非因为饲养老虎，而疏远了虫子"

——我再怎么不倦擦拭怀中紫色的灯
也无法照耀江南五百里的景物

2010.12

卷 二

2011—2017

夏卡的下午

夏卡咖啡馆在闹市区三楼
但对一二楼我是漠视的
因而夏卡咖啡馆是一座诗歌的空中楼阁

一月八日的下午,时序毫无悬念地明亮地更替到这里
暮色还要一个半小时才能降临
但肯定有表情惊异的行人的脸孔
会停住,伫立在宿州路、淮河路交叉口
向这座咖啡馆仰望

有一群诗人在这座咖啡馆里朗诵
他们的声音与喧哗的尘世相比当然很小
更有水泥墙和玻璃等教条的物质的阻隔
但这些声音却有着人们的肉眼看不见的
强大的穿透力
毫无阻碍地在这个冬日穿透一切,穿透合肥
如果诗人们桌前的盘子中有鲜艳欲滴的草莓
它们也会翩翩起舞

这样的声音,它不恢复什么
它在人们无法预勘的时空中烙下供将来苏醒的记忆
它也是一条良药似的鞭子,确实要鞭打一些厚厚的硬壳

让更多的心灵袒露出来,就像我们面前的……草莓

2011.1

二重奏

安静的鱼
在深水中
不断遭遇潜流

浓黑的夜晚掩盖了他微微的疲倦的眼袋
而华灯让他一丝未白的黑发
仿佛染上了彩色
更要命的是被他视若宝贝的皮箱
没有蒙上一点儿旅途的风尘
却被江南深夜寒冷的春色不断冲击

没有任何一条鱼不能抹尽心中的欲火
尽管它极度地爱恋另一条鱼

他愿意到达哪一座车站？幻想的马
藏身于幽寂的竹林腹地
在昏暗里一晃而过的地名是再也想不起来的暖流
流落在外的女子，她是否也有着鱼肚似的银白

为什么不能潜入得更深一点，更深处藏着
什么样清白的真相

美艳的文字如果散落开来，谁能双手捡拾
而他，而他是否在那轻轻的震颤中
将自己装入蜷缩的睡眠

让那无人知晓的皮箱独上旅途

2011.1

一列火车慢慢南移

手袋上画下的一条鱼,有着胜过人类的超验
它睁着的眼睛
梦见一列火车慢慢南移

而它的主人是最后一个乘客
它看见他有着潦草的步子,昏暗的灯火
嵌在他深深的衣褶里
星辰低密的锋利的银光,割向
他鼻梁上有着雀斑的脸

不要试图去解释一条鱼的超验
慢慢南移的火车
已路过街上公羊滚滚的南京
卧着一条犰狳的镇江

而夜色模糊了一切变动的痕迹,稻花和竹影
这条鱼忐忑中的秘密求欢

2011.2

青 岛

美促使我的记忆力不断衰退。

不仅是那些殖民时代的令人震慑的老房子。
啤酒、盐,我甚至
置身于青岛那些更旧的街道。(后来,盐在幻想之中
迅速溶化)
北国海滨的雨中我买过一把花伞
和雨衣。风把海底的幽冷
抹到街边绿得发黑的松树上,雕塑上。
温暖肯定只在细细的海浪上夹杂薄薄的一层。

鱼群肯定能吸引更多的飞机的影子
去把它们照耀。
在我那几日狂热的意识里,我的手上
有潮湿的纸,还有一把
暂时无用的船舵。

2011.3

江 阴

江阴就是更偏一点的午后。
宽阔的暗银的流水,白鱼变成了刺。

从内心猛烈拔出的
活塞。造船厂指向另一条岔道
钢铁和空洞,都不与肉体直接接触。

无限磅礴的时间
不断吞噬凉爽的并不费解的江野。陌生,或者多余,
就像一条带鱼不能融入江中。

我将进一步高蹈,甚至飞翔。
甚至将遥远的桑葚
挤成紫色的夜。经济生活中的万马安静地起伏。

落日中的电流
附体于胸怀和诗篇。

2011.3

庐　山

鱼与龙，我肯定瞩目于鱼。
黑翠的矮松，像连绵的闪电，倾斜于山谷。

我只在心里勾勒最简单的图画。
上山的途中，一直被我携带的前半生
突然发力。

在所有可以清点的缥缈的山峰之外，还有另一座
坚实的山峰。
它期待于一个人肉眼之外的
迅速睁开的双眼。

在所有的碑亭、寺庙、别墅之外，还有
更多的不具形的运动着的建筑。
烟云掺和的原料
它们的内心闪过虎豹。

如果我在九江之夜生育的雁和笛，没有丢失。

每一步的攀登并不以任何旧迹为羞耻，
并不以朝霞的流变为目的。
当那么多的巨石进入我的身体

看客云集的礼堂变得暗淡。

2011.3

在桴槎山下王铁乡夜饮

蟋蟀和旧信,没能翻越桴槎山
鱼背似的山脊
王铁乡衰老的茶厂,待在它最高点
苦味的阴影中。

走下山来的小羊,真的是黑色的。
它像一个聚光点,接收了来自粗砂砾一样的星星
摩擦的热量。

"桴槎山到底有着什么样的面貌?"它
为什么在饮酒的人中被不断修改?谁有那样
平和的热血与气?

王铁乡最俭约的灯火像陀螺,耗费着老庄无限、
清绵的语言。
零星、遥远的狗吠和车声,
中止于一双双竹筷子的清俊与火热。
我的身体触到了潜逃已久的漂浮的青色的金子。

一丝丝银色的细雨不知起于何时,隐于树木的
士子们脱下秀气的外袍。
潮湿的眼睛里酒色的秋花怒放。

2011.3

给祖父
——昔年间他曾短暂居于松江

松江府地域内,有人卖带松针的细柴。
鲈鱼身中潜隐着更纤细的
温和的血管。

激烈的火车放慢步子
它的轮子也有谦卑的本性

蜀葵移栽之后,便蜷伏于一片猫腹下的黑暗。

微醺的山峰
深夜聚拢而来,像一些纷乱的木塞子
怀抱敦实的声音,沉沉浮浮

失眠的身子,将碰到黎明时上市的茭白。
碰到纸笔之外更多独立的鸭、鹅。

一个人在松江府地域内,换上梦的木鞋
用水绘制曲折的地图。

2011.3

给父亲
——青年时期他曾在镇江

虎骑波浪
它随大江东下

寺庙所起的作用,就是让朝霞静静地腐烂
让沉静的颜色转化成期待的美味

铁锈损坏了乌龟的内脏,它甚至无法逆行于市民们之中
成为无人围观的交通阻碍。

(再添一截日子,仍然是现在的日子)
(即使再添一截日子,还是现在的日子)
竹箫无法加得更长,但一个音符的错误,使全部的曲调
变成另一种曲调。唯一的飞蛾走了
但它的一丁点残光,还在照耀短促的煤、河蚌和糯米

芍药仿佛替身,独自挤出温和的血。
一滴无限扩大的寂静探及江南春夜空洞的黑暗。

2011

皮具店

在皮具店里,我知道了我所有的昔日的失败。
呵,最优良的皮质来自人间
最精致的妙不可言的颓废
来自我已经苏醒的器官,呵,它是一个并不存在的
享乐的器官
像花蕾和朝日,在我的身体中融化。
仙人抱着最美的触觉的毒素
甚至牵涉到性,及无限的沉溺的和解。

2011.4

霜　降

霜降这一日。我的身中
鸦雀无声。

南京在流逝呵。
江阴也在流逝。
苏州也在流逝。

树木的努力，让山峰维持了仰望的峻险。
稀少的大动物
在时光中清醒地藏身、漂浮。

我和你，和更多虚幻的人物。
——我不知道什么在进一步减少。

但我拥有的安静
多么优良。

2011. 10

珍 品

穿行在江南腹地。
我把身边的河流都叫作秋浦河。

春色阴凉的车中,是谁在犹豫不决的电话中
尽力模拟鹁鹑清淡的口音

而每一棵树都是次第散开的伪装的幽绿的梯子。
又是谁在开花的城市里风行,生动中明明灭灭。

那被暗流冲击的水草正飘飘欲仙
水流与她纤长的细腰摩擦的痒与甜,源源不断地向纯粹传递。

是谁卷起一幅带雪的旧画?
芬芳的鱼肠从不示人,它被鱼视为自身谦虚的珍品。

2012.2

火车站

深夜、庞大的火车站。
一列火车在轻微地喘息(即将离开)。
更多的火车在斑驳的光中,平静地伸展着目的地含糊的
　　身子。
(有一股铁道空了出来),之前不太久的时间段里,
另一列火车在另一股铁轨上,车轮停止与夜色的摩擦
那样的声音更加轻微、沉闷。
下车的人仿佛在雾气中抵达。而一颗不明旅客的无缘无故
　　的心
在漂浮,它是紧缩的,但抱着一幅
辉煌的、不定的图景,不照亮周围任何朦胧的景物。

2012.5

那苏醒于你心底的

那苏醒于你心底的,该是一只什么猫?
被阳光暴烈地浸染,
又与夜晚暗涌的浪潮达成柔软、冷艳的一致。

这只猫舒缓、紧张的腹部
就要接触这个世界幽秘的经验。

它莹莹的眼神具有无限、
锐利的穿透力。
并且沟通,从不可能到可能,那一片滞留的花瓣
只被自己天然的本性摸过。

谁开口诉说,谁就会失掉内心高质量孤独的燃烧。
——而你的步子可能也是轻的,
比猫还轻。
而你的步子,力透人世。

2012.5

太极拳练习者

我知道了什么叫月色或路灯。
什么叫轻风和流水。
我知道了什么叫君子,什么叫道理。
既然从无纠缠,也就不存在解开。

我自觉于我的旁观的角度,只是一个每晚的散步者。
他们没有涉及的,我当然也没涉及。
而他们所涉及的,我都没有涉及。

他们的指向,我了然于胸。
但我抹灭了一切的图画和声响,即使宇宙星辰
即使山间落叶,蛇豹虫鱼。
我知道他们用欲望杀死了欲望,
"无"中的灿烂是真正的灿烂。

我感觉到的每一个角角落落,也就是他们的动作
妥帖地落实到的角角落落。
但还有更多的动作在我的意识之外,
那里缓慢的霹雳,坚忍的风雨。

2012.6

热 雨

昨日夏夜中粗大的、
稀少的雨点,
它的温热一直延续到今天。

饮酒的人影早已变淡,
我辨不清其中哪一个是我。

昨日的桌子已抵达何方?
昨日的昨日我抵达哪一座城市,还是
原地踏步?
半夜因为腹中的燥热而醒来,我睁大眼睛。
是呵,昏乱的背后——
过于喧哗的灯光埋没了多少残局和旧事。

但我让不可知的未来绕在我的膝边,
我以我的行程触及本不可触及的每一处现实。

2012.7

随 意

我写下一条不明的江
像是富春江
我写下一座不明的山
像是富春山
我写下我早年的衣羽,那时清楚
但在时间的流逝中,它已经模糊
我写下舟车、轻淡的灰尘
和清朗的浮云
我写下我全部的努力,我曾经的一段不明的经历
是一只豹子
在早春它有着微微寒冷的耳朵和皮毛
它不隐藏自己的行踪
但隐藏自己热血的身子

有一幅画在我的眼中将要被夜色吹散
有一团梦,本是他人
却像是我留下的足迹

2013.4

谁又能看见,并且记住

五十过后的黄公望是否还是黄公望?
(这是一个被轻风吹散的问题。)
富春山也有变化,但不是所有的人都能看到。
南方的草木,极少的幼畜,呵烟云
呵,面目其实全非。

一如既往的温和的流淌,像无言的脸,像无辜的衣裳。
谁能判断清楚黄公望小心翼翼的修辞?
(抑或随意,是的,明亮往往与随意有关
阴暗也并非与随意无涉。)

把四个季节掺和起来,我相信
他发明了一种新的季节。
那些颜色全部来自人间,
清淡的非描述的口气。
(所有过往的,谁能描述?)
山在转移,那细微中的星辰、热血、无奈和毫无拘束,
谁又能看得见,并且留住?

2013.1

石灰字

一月二十三日早晨五点多钟,
冷、黑。

殡仪馆的车大概在六点多钟来
接母亲去火化。
家中灯火通明,皆在为其忙碌。

我和请来帮忙的隔壁老三(他是一个
头发已经花白的老人)
负责在路上写字。
我用手电筒照着路面,他用石灰
先在我家门前撒出一个大大的"出"字。

然后在要经过的每户门前
用石灰撒出一个个大大的"去"字。
这样大概有十几家,就到殡仪馆车子
要来的大路了。

冷、黑的空气中手电筒的光柱
格外清晰。
而石灰也没有一点石灰的气息
它们变成了每一个简单的笔画,

静静地躺在还未天明的地上。

2013.1

永　别

母亲的尸车被接进去，在排队。
工作人员让我把捧着的空骨灰盒摆在
其他骨灰盒旁，也在排队。

在一旁的骨灰领取处的等待室里，
长椅上坐着四五个中老年男人。

后来我出去，我大哥进来。
领取骨灰的应该是长子。
身后的大铁门又缓缓关闭。

再后来，傍晚的家中，大哥向我描绘母亲的骨灰很少、很轻。
不像别人的骨灰
要工作人员用小铲子拍拍，
才能完全装进骨灰盒里。
母亲身体娇小，临终前又特别地瘦。

工作人员甚至用手背贴了贴
我母亲的骨灰，
对我大哥说："好了，可以装了，骨灰已经变冷。"

2013.1

银　川

为了顺应内心沉默的声音
我遇到了银川。

小雪无雪，星光将浓墨的夜空刺穿。
温暖的初冬呵，我在深夜
入睡之前的片刻
一个冰凉的银亮的词语突然闪亮了一下
它的光芒，我曾经历过的词语们
都沉入了黑暗，而它照耀我即将
走下去的孤单的构思。

与我没有任何瓜葛的银川，我从未涉足。
但又多少次
从它的身体中穿过，那样一种纯粹的气息
羊与黄河与屋顶
大西北的阳光早就灌入我的愁肠里
在一个陌生的地方多好，它能让活着的人
觉得自己正在活着。
那不断袭来的异乡的悲伤其实只是一次悲伤，
微微的雪真的下了，许多热乎乎的身影
都像是重叠的梦境。

我在几乎虚脱之时,用睡眠
艰难地把那个词语薄薄地挡住。

2013.11

五月二十五日夜之大雨

卧室里的黑暗渐渐沉淀

对面一幢楼,最后一扇闪耀着灯光的窗户。
哦,是什么在无限的空间中
混合着雨声?
又是什么黏附在那些银亮的雨滴身上?

其实我什么也没有看见。
其实我听到渐弱的雨声之后,一列火车节奏鲜明的声响。

在这样的深夜
渺茫的大地,一列于我来说来途和目的地不明的火车
饱含着黑暗的因素
钢铁的肌肉和柔软的心肠,它所能摸到的——
凡能被它摸到的,必与它在舍弃中迅速结合。

还有什么,能比心象更为真实?
心象在我的睡眠之外,闪电熄灭,它却固执地飘浮。

2013.5

船过巫峡、瞿塘峡

一个人能把惊讶一直保存到下一个夏天
这才是真正的惊讶

江面到半夜还是滚烫的
船上的每一处也滚烫
房间里破旧的空调,它愈来愈大的噪声
甚至也是滚烫的。
滚烫中,有什么已经滔滔而过。

发觉清凉透骨时天刚黎明,
岸边有稍微和缓的山坡,有零星的苞谷地
有稀疏的村子,和江边简陋的渡口
也有楼房从山腰一直长到山顶的县城。

早晨的江水深处应该也是清凉的。
灰蓝色的流云和天空也是清凉的,晨风给每一双眼睛
送来不同于昨日的世界。
我说的是笔直的悬崖
(悬崖本不需要用"笔直"来形容)
苍青色的悬崖,有时是赫红色的悬崖
我甚至怀疑我的眼球
也担心我的眼球——

那样地冰冷和决绝,我能否相信和接受!

所有陌生的感官被完全打开,被调和在一起。
痛快中只有掺入危险的因素,才是痛快。

2013.7

绍 兴

似乎杂乱而简单,世俗而有清气。
我对生活,有与众不同的看法。

那是浙东的云影(但不是同一块云影)
几块先后不同的云影,饱含丰富的信息
在我的脚前脚后
在仓桥直街上不断交替。

——那难言的柳丝,和清肃的外墙。
河水稠绿、狭窄
乌篷船上的乌篷,闪耀着黑漆漆的碎金。
陈旧的红灯笼,温和、讲理,使人顺势,不得不去怀旧。

长久以来,我给我的定位是一个失散之客。
那些茶楼、河畔也好,山樱、清玩也好
我无以为饮,斑斑窗棂后的茶盏
那只是我在茶楼之外的一点麋鹿颜色的梦想
(肯定也有另一个孤身的游者
她徐徐的、懒懒的气息,还没有吹到我的身上。)
一个人在完全陌生的环境下,才可能独自凝聚成一团。

我觉得我的精神依附了药铺、庵堂、书屋、剑铺和酒肆，剥不掉了。

那无端的潮汐袭来

蚌壳、竹匾、鳊鱼，人之一生有多少阴凉的癖好。

呵，梅酒，让我对一种熟悉的内衣颜色永怀特别的好感。

2013.7

二重反映

公交车向北。
坐在右侧的我却看到落日在东方的位置
——两边车窗玻璃的二重反映。
初夏的大地纤毫毕现
高楼、动车车站、禾苗、村子,少有起伏。
那浓绿的不明的一团,
我认作蓬蒿
或薄荷类植物。

2013.6

火车穿过山西、陕西、宁夏和甘肃

我还是喜欢,在日头昏昏又明亮的时候
列车穿过大西北

我隐秘的夙愿,不是掌握一种演奏的技巧
而是我的手上
能诞生一种拙朴的乐器,这个世上
从未有过的乐器
它无声,把所有的广阔都咽回到它无形的肚子里

在列车穿过宁夏和甘肃的时候,月光锋利
但绝不要担心
它能割破酣睡中黑暗的羊羔、明晃晃的铁路桥
和我根本看不见的荒凉的屋顶
它与车窗玻璃凛冽地较量,是呵
我喜欢九月,喜欢那一切即将被埋没的
虫声,尤其是蟋蟀的独吟
列车奔驰,窗外朦胧的泥土仿佛波浪
被犁开

是呵,一日后我会在那里
一月后我会在哪里
十年后呢

一百年后我的某根枯骨是否还能听到火车的鸣笛

2013.9

二月十九日,鳕鱼

几条硬邦邦的鳕鱼。
它们身上还有碎小的冰块
寒气将我的手指咬痛。
它们来自超市中的冰柜,
来自火车,
来自海边渔业工人的筐子,
来自遥远的海洋捕捞船,
来自北太平洋、黄海或东海北部的海中,
来自另一个幽蓝的世界,
来自迥异于我们生活的另一种非火热的生活,
自由的海喂养了它们,那儿的黑暗和压力
(它们视为非压力)
给了它们最生动、最有力的支持。
那样单纯的身子,和没有灵魂的灵魂
那儿是另一个快乐的星球。

现在,即使我从自来水龙头往下放水
也不能恢复它们疏懒的纯净的记忆
不能恢复它们细小的梗直的肠子
不能让它们将眼睛重新睁开
是呵,再也不能用陆上的水将它们悲哀的生命点燃。

2014.2

沉溺和屈服

黎明时分,已到了我虚构无数次的游牧地带。

我以为能看到的,
都没看到。
地广人稀,铅锌白的晨曦与缓缓起伏的草原
并不完全对称。
天空浓郁、清晰,那样明白的包容量
即使再减去三分之一,甚至三分之二
对它也没有任何的损减。

轻风容易汇聚,它们温寒的流向没有目的。
我所渴望的那匹马
根本不会呈现它的鬃毛和四蹄,因为它已成为泥土
和无声地传唱千里的荒凉的青草。

我的悲伤没有来由,血液中南方人的基因
瞬间就被那样的气息
无知地痛快地吹去。
对个体生命极度地怀疑和惶恐,使我陷入辽阔的
沉溺和屈服。

2014.3

人到中年,可以有一次蒙古草原上的旅行

人到中年,可以有一次蒙古草原上的旅行。

乱草,我说的是晨光
对火车的擦拭。

被马头琴所熄灭的我的
仍然幻听的耳朵。
(万籁对马头琴的包围是失败的包围)
草尖悲伤地颤动,安静像草根下纠结的泥土。
没有哪一根乱草不曾被晨光连绵起伏地擦拭。

那里不是我的家乡,我只接受从天空上垂下的
青荡荡的荒凉
对我身躯的熏陶。

那从我内心中被连根剜起的
是什么,是交错的日出还是日落?

生命明了,简单至极。
晨风吹拂无辜的人毫无来由的无辜,顿悟倏忽涌至
但并不令我猝不及防。

2014.3

许多镜头令人难忘

许多镜头令人难忘,湄公河畔
拥挤的渡轮。
而公路的颜色与茫茫的稻田构成鲜明的对照。

她还是毫不具风情的女孩子,亚热带的
阳光丰富了她遒劲的白种人的血肉。

再后来(我已跳过了很多片段),在那个临街的屋中
百叶窗所筛下的西贡的光影
那一道一道
散发着外面街上香蕉、芒果之味
和各种叫卖声的光影
如果屋角有一只静气屏息的猫
(这是我加上的)
它目睹的情欲具有那样的震撼之美和真实。

一部电影足以摧毁平庸的世界,
而建立起席卷一切的新的官能世界。

2014.4

八月，还在八月之中我就开始回忆八月

八月即逝
有一副身子将在明确的、期待的
九月，得以更新

仿佛一场影片的拍摄将不情愿
参加的我
硬生生地也拉入其中
胶片中满胀着雨滴，暴雨、急骤的阵雨
连绵的阴雨，八月之雨漫长呵
反反复复，一直悬在我头顶的上空
未有间断

八月有遥远的道路和山川
移驻我澎湃的胸口
也有突如其来的病痛，像在皮肉中
挥起鞭子

对生命有一些新的顿悟和认识
它们明亮、珍贵而新鲜
这就像我看到的雨后黑黝黝的葡萄
闪耀着，但那样神秘的光芒
却难以捉摸和抓住

2014.8

晨起的豆浆

八月二十七日,大雨不知
从什么时候
开始敲击我睡梦中的皮肤和心脏。

黑夜正在湿漉漉地退去
灰白的黎明
挟着四面八方清清脆脆的雨声,涌进
厨房之中。

楼下水光中有树木的倒影,一个人裹着雨衣
骑电动车的倒影
楼房的倒影,落入地上的雨水
仍然是雨水
栀子树叶子绿油油的味儿,在墙外报箱上
一只鸟儿受惊的眼睛注视中
与水汽一起弥漫。

在含混不清的光线中
我有一个早起的身影
小小的豆浆机已经呼啦啦地一阵响动
然后安静下来,它锋利的刀片
正在内部飞速旋转,——泛着微沫的豆浆

将变成一只清新的杯子
立在餐桌的中间。

2014.8

九月二日,农历八月初九,卧听午后大雨

雨水是一把把凉凉的柔韧的刻刀
它在拉萨北京中路的深夜中
雕刻
我的脸从旅馆的黑暗里浮现出来
我听到它在荒凉、雄浑的山脊上,刻画
自己的胆量和气魄
在山下的一堆堆巨石上,在激流的江畔
和曙光未显的八月的草原上
它的作品转瞬而逝,却全部叠印到
我身体的深处
它也曾在苏州用最细微的刀法
精细地雕刻,那是某年十一月底的某日
它的滴滴答答的忙碌之声,从古塔上传来
从寺庙和普通人家的屋顶上
传来,它有足够的耐心,刻画这一幅
已轻染疏疏灯火的江南薄暮的水墨作品
最伟大的颜色,与我的血肉难以分离
我仿佛就是那一滴滴雨水之刃
就是那个隐身在天空的艺术家
至于我刚刚读到的一本书中
作者在雨中的汽车里堵上陌生的激动的耳朵
雨声里我已记不得她对雨水

有过什么样的比喻

2014.9

切割水泥路面的人

谁读我的这首诗,谁就必须接受
他俩的一举一动
明确、质感,和噪声中略含湿意的
穿透力。

仅仅安全帽的颜色不同,白色的汗衫
都已经发灰
软塌塌的裤子甚至分不清颜色,他们的活儿
将贯穿整整一天,黄色的安全帽和红色的安全帽
一直在小区的道路旁飘浮。

为什么要切开小区的水泥路?那
自有安排。
手扶切割机向前缓慢移动,它的震撼
甚至弄落了身边树木的叶子。
灰尘飞蹿,落满汗水淋漓的胳膊,和不成样子的球鞋。
另一个人提桶给切割机加水
以图制止灰尘,小区业主从他俩身边绕过
脚印踏在灰尘和水混合的路面上
像是某种鲜明的语言试验,但并不
表达什么。

我传递给你的,既单纯而又不解
但那种内心中粗犷的涌动,
我特别喜欢,并一直在追求。

2014.9

十月八日,月食,随记若干行

浩瀚的天宇中,一件微不足道之事
众多星球总在不停地
重新排列,不断相互遮挡
或者错位

第一次我下楼去超市,便看到模糊的半月
(大概六点多钟)
像一幅纠结的油画,风与云色彩乌黑,看不出
正在发生月全食
如果不是事前媒介的报道和提示
这苍苍茫茫的一点影响
不会引起地球上多少人日常生活中的注意

第二次已是七点多钟,我去阳台
收拾晒在地上的南瓜藤子
那时苍穹干净,月色清亮,它被遮挡的部位
弧形的边缘十分明晰
没看出它有血红的颜色,因而
没有给我激起一丝儿惊奇和恐惧
我甚至有一点失望,此刻清辉抱着寒露
任何一个敏感的生物都会有其自身的欢乐和悲痛

第三次已近零点,窗帘严实
我在床上放下疲倦的书本,但其内容历历在目
人间烟火味仍在我手上缭绕,从未平息

2014.10

渣土车

我们的交谈不断被打断
一辆渣土车接着一辆渣土车
亮着大灯
从黑暗的楼下粗粝地驶过
围墙那儿的铁门大开,正是为了方便它们的进出

从楼上的走廊里正好能俯视这一切
其实我们什么也没交谈
其实你根本就没有站立在我的身旁

渣土车在楼的那头转弯,看不见了
前面还有一幢楼
再前面还有一幢楼,我知道这幢楼的
前面就是一个工地

那些粗实的轮胎
碾过车厢中洒落的一摊摊泥土
轮胎上的花纹不断在这些泥土上
重叠,和相互更改

后面车辆的灯光总是照射着
前面车辆的尾部,粗犷的、肮脏的

非自然的野性的迸发

其实我也不站在那幢楼的走廊里
如果视线慢慢向上
秋夜里明澈的苍穹并不覆盖大地,它只独自净化
并不断完善自身

2014.10

处 理

我经常怀疑我处理素材的能力——
直到有一次,我绊着春夜

远远地,全景式地,目睹一列悬空的火车
(现在的铁轨再也不贴着地面)
隔着几公里远,听不到一点儿震颤
它从高高的桥面上一滑而过
所有的窗口(我记得是十六节车厢)
都嵌着灯光

那是在北瑶岗村附近,黑夜中
周围空无一物

2015.5

一个藏地的孩子

他曾注视一棵青稞很久
那棵青稞死了
就变成了这一棵
但还是原来的那棵青稞

酥油灯的影子
静静的
却穿透这个夜晚,和宇宙
他没有看到他身边的人
但他知道
他们都在

不知道走了多久,也许从未出发
白天与黑夜
安妥地转换
尽管他还是个孩子
但觉得该安排的都已安排
雪山在远方
而身边是细小的石头

2015.7

超级月亮

一出单元门,就看到月亮静浮于
远方的天宇
还没到21:52分,还没有
到达它最大最亮的极限

而下一次,这样的超级月亮
要到十八年后

昏暗中,一辆快递车
停在六号楼前
一个人从车上往下搬本小区
所有的快件
摊在地上
另一个人打电话,并用手电筒
照着快件上的电话和名字
"实在太多了,送不过来。
让你们自己来拿了。"他不好意思地说

此刻,因为站在平地上
月亮正好被其他楼栋挡住

天下微不足道之事太多

微不足道之人也太多
月亮即使大 14%，那样震魂摄魄之美
也没多少人去注意

身边忙忙碌碌的细节
更能将许多人的内心掠走

2016.11

在嵊泗列岛上

仍然热,但不是闷热。
地上的热量正在
向天空中散发
等待海风,把它送到外海夜色中的
云端之上。

灯影幢幢,灯光好像只是
向下,捕捉人们的
裸腿和脚。
在海鲜排档前,各种海鱼和贝类
都排列在凛冽的碎冰上,随顾客
指点、选择
然后称重,送到后堂加工。

我承认,我在喝啤酒时走神。
我无视了身边的朋友
而在想象海面上
有一艘船,完全符合我意
它是红色的,船头画有鱼的眼睛
正随着我心跳的节律
默默地航行。

我坚信,它越来越与现实
高度吻合。

在岛上喝酒,没有让一艘崭新的船
在灼热的血管中诞生
怎么能叫喝酒?!

2016.8

泳　者

那两个白种女人
从海里上来后
就坐在沙滩上（垫一块布）
其中一个，还喝了一罐饮料
或啤酒

十五分钟，应该只有这么长的时间
她们又站起来
走下海去
与许多中国人混淆在一起
但能看到海水按顺序淹没
她们的腿、臀部
和粗粝的后背
正在海中游泳的人不少
在远方的警戒线之内

几个立在浅水中的救生员，和
另一个方向坐在船中的巡视员
正细致地注视这一片区域

然后她们又从海里上来
继续坐在沙滩上

说话的声音很轻,或者根本就
没有说话
这一片海湾,在嵊泗列岛
面积确实有限,阳光借助海浪
把潮湿的细沙
总是反复推送到那个固定的位置

云团闪耀着白光,不受任何限制
它们一团团连接起来
几乎占据了整个天空
大海仅以轻微的蔚蓝,对它们望尘莫及

2016.8

下象棋

他俩都盯着棋盘
低首不语

就座的凳子太矮,而置放棋盘的
那只凳子
略高一点

路边停满了汽车
这两个老人也许是为了躲避寒冷
塞在两辆汽车
狭窄的中间

突然的倒春寒,正在紧咬着
他俩臃肿的棉衣

除此,路上没有一个人影
变压器夹在许多
仍然萧瑟的树木之中
铁青色的寂静,电流在升压中没有发出
呜呜之声

2017.2

雪 豹

我突然看见了豹头,如此清晰
不仅眼神
每一根豹须也清晰可数

它的身子
在岩石的后面

并非雪的力量有限,反正某种不明的原因
雪抓住了全局
却忽略了一些细节

连绵的山脊无法将雪摆脱
但许多岩石
却裸露在积雪之外

仅仅那么一瞬,我从梦中突然坐起
豹头已经模糊
我却满脸冰凉

2017.2

搬　家

可能是我家楼下,也可能是
我家对门
轻微的声响,我在梦中
也听得非常清楚
家具一件一件,被抬入电梯
不,是从电梯上
抬下去的
细碎的脚步声,但我能将它
连成一条完整的线索

东西很少,不一会儿就已搬完
一辆小型货车停在
楼下的草坪旁
车灯划过黑色的空气,和我熟睡中
的脸,是呵
我已将自己的家搬空
到一个莫名之处,我坐在副驾上
头脑中一切都荡然无迹

2017. 8

马 皮

你见过马皮吗
(一片沉默之声)

我把脸转向更多沉默的
也是乌有的脸
继续询问
(没有一滴回答落在地上)

现在,我继续盯着这面墙上的
痕迹
(其实我并未见过马皮)
但应该有一副马皮
在这面墙上钉挂、晾晒过
我继续勾勒这匹马的形状
墙的深处渗透它悲苦的嘶鸣

一匹马死了(也许是被杀)
有一个人利索地
将它的皮剥掉

不是许多情景都可以复原
和进一步想象

(我对自己说说,本来都是虚幻的)

但一匹马可以再活过来
如果我再增添一口
虚构的勇气

2017.8

夏日的火车

也许我是远方那个
有力地走在稻田与稻田之间的人
而不是在火车中
打盹的人

将乌云脆薄处打通,而透射
出来的一束阳光,一如
舞台上的追光灯
但显然它的目标不是笼罩住
那个人的身体
随意,甚而盲目
这才是最难达到的境界

这车厢,载的好像不是幽暗中的乘客
而是满车黄金

2017. 8

吃　鱼

尽是些不大的鱼
盘子里
也许大鱼都还在海中

但我不是非吃大鱼不可
而是在那个夜晚
我一直充满着对大鱼秘密向往的念头

夏夜总是令人惆怅
尤其是陌生之地

半夜，有个人从楼下给我送蚊香
(蚊子太多了)
我彻底醒后
侧耳听到
我的左右房间里，没人入睡
传来的仿佛是吃鱼的轻微的声响

2021.3

阿尔山火车站

那个人在火车站前的广场上说
"在你们火车到来之前
恰好雨停"

确实,刚才在站台上还看到
地上残留的雨滴
我们车停
另一条铁轨上的火车,向我们的来途
缓缓启动,许多人正慌张地
跨过铁轨上的通道

如此冷艳的车站建筑
在四面青山妩媚的映衬下
更吸引人的眼球
美之震慑,会抽去美之外的许多内容

那个人又说
"中午日光太毒,但下雨时
每一滴都特别冰凉
刚才的阵雨
像我这样的身子骨
难以承受"

2015.8,海拉尔

从海拉尔到满洲里

从海拉尔往哪个方向
都是草原

但现在向西

阳光从我们的身后,将那些云团
加工成或微薄
或丰厚的艺术品

每一道影子,都是永不可抑制的
到此为止

大地仿佛是心疼那些马群
而让它们的颜色
一块块地擦在自己的身上
仿佛是心疼那些羊群,而让它们的颜色
一块块地也擦在自己的身上

一台台高高的风力发电机
没有人心疼
它们孤独,缓缓转动的叶片
永远也割不伤自己

这里就是天下了
外延仍然在不断扩展
谁走在这样的草原公路上，谁就会
在意识里将自身弄丢

2015.9

边境公路

这条公路几乎贴着边界向前延伸
草原漂亮极了
光影大度

公路边的隔离栏也连绵不断
缓冲区里也有
放牧的羊群和马
仿佛它们的身上,有一种静电的美
在安静地放射

骤雨突然扑打车顶
阳光依然在局部地区灿烂
有奶牛缓缓越过公路
汽车鸣笛、减速

这是在陌生的地域里崭新的体验
世上最粗犷的事物
无非是天空
但它把一些细微的事物
安排在风云变幻的大地上

2015.8,海拉尔

火　星

火星重现天穹的那晚
我和邻居
在走廊上遇到
(那是老式楼房)
他正被中年生活弄得狼狈不堪

一只不堪炎热的白猫
违反常规
出没在半夜仍然灼烫的屋顶上

有一人在黑暗中冲澡
水哗哗地响
完全像是一只豹子的
行事方式

后来我多次对人说过
没想到夏天的松树
(在楼后，只有一棵雪松)
苍绿的松针
居然落了一地

火星重现天穹

它的印迹像是划开了一道伤口

2018.11

潮湿的火车

必须要有那样清冷的漫长的眼神
才能看这些铁皮车厢
它们装满煤炭
潮湿的不仅仅是
每一节车厢中煤炭的表层
雨水的手指一直向下
像一截模糊的光
深入这些煤炭黑乎乎的内部

像一部有限的单调的电影
十八节车厢,就是十八个相同的镜头
从我的眼前闪过
从它们奔驰的速度中,我还是看清了
印在每一节车厢外的白漆的数字
(应该是编号吧)
其中有一节上是:**15　07737**

生硬的潮湿如何进入我的身体
又被瞬间带走

2015.11

一次乘出租车的经历

我在比较车窗外的夏天与
非洲的夏天
直觉让我断定
非洲的夏天当然更加壮观,阳光染红
土地和树木

这个人滔滔不绝,上半年
他才从非洲回国,然后开这辆出租车

他的词汇有限,但表达直接

在非洲的中国公司,热带大陆上的
繁忙且艰苦的工地
这些对我而言都是陌生的知识
感性的缺乏,所有的想象都有太大的偏差

他在非洲生活的若干令人惊讶的细节
被我在诗中省略
我到目的地,该下车了
当然,这只是原因之一

2015.12

不屈地沉浮

那个时候，有多次
他突发奇想，突然在夜晚就坐火车
来到我居住的小镇。

那个时候，我们谈兴真浓呵
就像那个激烈的时代中的
繁星和灯火。
然后，他再坐深夜的一班火车回去。
好在距离也不远。
两个身影，激动又落寞。

就在我琐碎的回忆里，时间之浪
已卷过多少个浪头。
我们不过是落伍的小鱼
和小虾，
一直在水底不屈地沉浮。

2015.12

吸泥船

惊奇的不是船体
而是它那粗大的管子,沿河坡而上
一直翻过河埂
管口中青黑色的淤泥,源源不断
在另一面河坡上堆积
和漫溢
新鲜的淤泥,从不见天日的
淤泥,终见天日
流到最远处的那一片,表面上
已微微变硬,结了一层
薄薄的硬壳,露出的草尖不再挣扎
在强制中,不得不安于
糊涂的现状

深探进水底的管子
无法看到,它应该在震颤
在张开巨口
水面上有浪花和漩涡
那暗中的工作更令人震惊,魅力无穷

2016.1

细　雪

从出租车上下来，北京南站的上空
飘下非常稀少的
细雪，那样的清凉

在出租车上，它们几乎不被看见
刚才一条小河的中间
几块整齐的石头
间隔着排列而过，而昨夜的积雪
只与树上光裸的枝条
抱得很紧

居民区一个便民小店，老人
正把待售的挂历
挂到店外的墙上，非常稀少的
细雪，在灰蒙蒙的天空中
几乎不被看见

但落到脸上，和脖颈里
才知道那些细小的雪，有话
要说

2016.1

搭便船

一艘货船已被卸空
就要离开
我正好路过,直接上到了船上
船老板终于同意
顺便将我带到下游
六公里,也许七公里的地方
那是一个冬天,天气晴朗得就像
这条船装载而来的
石头的颜色
但还是很冷,我听到浪花撞击
钢板的响声(船是钢板制成的)
那样远的距离
本来我需要在河岸上步行
本来我身上可能流出的
微微的汗水
现在全部缩回毛孔之中
我把船上突突震动中的柴油机,比喻为
这条弯曲的河流的心脏
那样有力的节奏
不是任何人所能感知

2016.1

黑色皮衣

1985年的一个黄昏
我买了一件皮衣
黑色的，略微反光
那是一个干干净净的黄昏
它把寂静全部挤到屋顶上、街上
我路过一个孤单的商店门口
看到有一个人正好
也向里走去
我们几乎同时看中那个款式
这时我才认真地看了一下
他的脸孔，似乎面熟
但绝对不认识
他当时就把皮衣穿到了身上
脱下的旧衣服，拎在手上
我却不好意思
甚至要求把它装进袋子里
夹在羞涩的腋窝下面
远远地看着那个人，在黄昏中许久
都没有消失
因为有那件皮衣作为显著的标志
我还没有下定最后的决心
也许暂时还不会把这件皮衣

穿到身上

2016.1

江 豚

船只稀少,也许是
这里的江面足够宽阔
每一艘船行进得都很缓慢
且间隔遥远的距离

日光迷离,尤其是它作用在
动荡不定的波涛上

仿佛整条江携带着大地,默默地移动

一群江豚,隐隐地露出
它们春天的脊背

岁月不明呵,再开阔的胸怀
不是一切都能明了

我的脚底,仿佛有什么已被抽走

2016.4

载 走

那个披头散发的人
(何止披头散发
简直就是乱发飘扬)
就待在模糊的火车里
看车外仍然缓慢的飞雪

火车载走其身体和眼神
但一部分相似的雪
却被永远留在了后面

2016.11

微弱的凉气

东华大道真的不大,从墓地
回到东华大道上
然后从河滨小学旁
狭窄的乡道上穿过,春阳正在
炙烤着天空
和繁华大道上骤然增多的车流

很快就过了南淝河大桥
笔直向前,不知道繁华大道
与弯曲的南淝河河堤竟然贴得如此之近
热风吹拂油菜花
和田间的树木,以及
两栋孤零零的房子

河堤上有人走动、骑车
荠菜混于青草之中
它们渺小的根须抓住泥土中微弱的凉气

2017.4

过南淝河大桥

车速太快了,且
在车上也不好转头
去细细眺望河边的几艘货船
和岸上
水泥厂三个巨型的储料罐

下桥时,另一辆平板拖车
以更快的速度
从我们的一侧超过

平板车上载着一台挖掘机
一闪之间,我确实看清了
挖掘机履带上
糊满
厚厚的已变硬的淤泥

2017.4

死去的汽车

冬日的田野太过浩瀚

这些汽车的尸体
被晨阳照耀
消弭了任何个体间的差异

我看到了它们,在合浦路的一侧
前面的西山驿镇并不是我此行的终点
而是从它再向南折去

在未被彻底拆解之前
它们仍然是汽车,尽管
只是
死去的汽车

2017.4

床　上

我好像是在深夜，骑着火车
回到房子里
外面好像下雪了
一只老虎和一只仙鹤
间隔遥远
但几乎同时都被冻死

世界上发生的事情，我从未知晓
于是在床上
一篇小说有了开头

2017.4

残酷的艺术品

许多人在晒鱼
阳光大好
许多人拖着自己强烈的影子
来晒鱼

但我们到来之前
他们就已先后离开

小鱼从腹部剪开,大鱼
则从背部剖开
全部摊平,每一片薄薄的鱼身
现在都闪耀着盐的气息

十二个圆圆的竹匾,以及
十八个长方形的竹床
没有一片落叶,甚至猫儿也不来干扰
阳光全部倾注在它们的身上
那一片片银光,次第接力
让我几乎睁不开眼睛
不得不屏住呼吸

2017.5

海边的正午

阳光亮得钻心
到处都有反光点
寂静过头了,便有一种逼人的
轰轰之响

海堤狭窄,见不到一个人影
(极远处,停着两辆
小汽车)
海水不知已退去多长时间
露出水面的滩涂
黑黑的淤泥一望无际
可能有人在捡贝,在捡蹦蹦跳跳的
小鱼,但那在我的视野之外

我所理解的世界应该就是这个样子
直接裸露、坦然
太阳在空中埋设耀眼的光线

远海中有一艘海轮
它稳定了这一切
仿佛压在那儿,因为距离
看起来它就像不在行驶

2017.5

白　鹭

有一排平房,很旧了。
青色的砖墙斑斑驳驳,不可靠的颜色
仿佛已经流逝
剩下来的颜色才如此顽固。

平房之外就是田野,禾苗
厚密的绿光
曾经让两只白鹭以及它们带领的
三只更小一点的白鹭
回首展翅之间
略微不安。

我曾在黑夜,与另一个人
从它身边的公路上经过。
(当然不止这排平房,但它遮挡住了
其他平房)
那时都是步行,我们说话时
不得不把声音压得很低
——低得就像那些白鹭轻微的颜色。

2016.6

默默站立

年代不明的昔日,有一个不明之人
喜欢串门
不仅去邻居家
有时也跑得很远
到村子的那一头

有时他很晚才回来
手里握着电筒
光柱划过黑暗中的树木
划过草垛
和茫茫的远空
在难以照亮之处
青草正在疯长

牲畜们格外安静
大都躺卧而睡
只有一个,身躯渐趋透明
在圈中,它像梦一样
默默站立

2016.11

剪辑师

如果不是电影
何来这么长的胶片

确实不是电影
但确实有这么长的胶片

太长了,我的视野无法全部收纳
我的记忆也无法追及
一格一格的光影

来,给我一把剪刀
我只保留最核心的内容
那么,该剪掉什么
——淮南的大街,朗诵会的现场
素食馆中的酒和灯火
九龙冈民国旧建筑

继续剪
并非只剩下空白
剪呵,现在只剩下雨水

再狠狠地剪

只剩下早晨,那时雨还未下
从春天就积聚的云,如山,如海
涌动在淮南夏日的上空

2017.7,记"抵达"10周年纪念会,并赠王运超

透 明

眼睁睁看着木星西沉
眼睁睁看着一所房子
变换了位置
由南向北

我在半夜时分起来
给一头明亮的牲口
添加草料

秋之凉爽,让天地变得更加清楚
在牲口棚外
遇到一个正从小径上走来的人
这个在城中做装修晚归的人
身背瓦工,也许是木工的
工具
透明至极

2017.9

旧　冰

十二个人两手各握一块旧冰
七个人两手各握一块旧冰
五个人、三个人

最后只有一个人
两手各握一块旧冰

为什么越来越少

旧冰早已不再燃烧
滑入了苍穹

而世间只遗落人类
看呀，他们是如何
糟蹋自身

2016.9

从火车上看到山丘上的风力发电机

我无法让游走的火车
远远地停下
我无法让自己深陷这
倾斜的黄昏里

我无法伫立不动,像一匹安静的马
或者一只更加安静的鸟
让山丘上风力发电机的影子
缓缓地投射在我的身上
但它的叶片,抓住最短的时刻
还是不失时机地
从我的身上划过

火车早就走了,那一组风力发电机
被我丢在后面的天幕上
没有其他人能看见

2017.9

鸵　鸟

23 岁那年，我头一次见到
鸵鸟。
它伏在一小块沙地上，
像是熟睡，
一直没有越过身边的栏杆。

后来我又打着伞去看过它一次。
它浑身潮湿，
眼珠发亮，
正在雨滴中疯狂乱走。
(空间太小了，
它也不是有规则地转圈子)
它的直直的腿，和怒起的羽毛
完全不是一副
垮塌下来的样子。

2017.12

卷 三

2018—2021

天文现象:红月

月亮在不断变得更红
和渐渐缺失

它自顾自地完成这一切

被这样的暴力美学所笼罩
我在厨房中感到不安
后来在客厅中
感到不安
后来在卧室中感到
不安

我不是担心
它给我的眼睛蒙上红布

而是它要拆毁
我和黑暗中的猫
所待在一起的
房子

2018. 2

"易碎"

这几家商铺还没开张
甚至还没租出去

瞧,门把上还缠绕着链条锁
几扇玻璃门
被锁得紧紧

如果我停下
如果我会穿墙术
在远处灯光的照射下
进入它幽深的内部
我会从反面看到
玻璃门上
用白颜色刷写的两个大字
并轻轻地
在口中把它们念出

2018.4

文 身

我一直看到
有一个人在给另一个人
文身
不是用针刺
而是用颜料
在她身体的某些部位
画上图案

画什么已不重要
颜料已经耗尽
但她俩都无停歇的意思
她俩都想让我
待在远处
继续观察

2018.4

"列车五点二十二分进站"

"列车五点二十二分进站"
这是什么意思
一所旧房子的墙上
我看到了这行字
附近根本没有火车站,虽然
在几棵松树的后面
有铁道

夜色还没有模糊
但我无法安宁
本来我要通过那个已经拆掉的天桥
走到铁道的那边去

2018.4

那个夏天

不止一次
有一个人来找我
(也许不止一个人,但我现在
都记成一个人)
那个夏天,灰色与红色相杂

那个人流着汗水,情绪模糊
他远远而来
太热了,许多堵墙壁
甚至都曾被光线击穿

但我的平房却是安静和清凉的
仿佛世外桃源
再火热的渣滓,也不会
迸溅到我的身旁

也许并不是一个具体的人
但在那个唯一的夏天
他真实地来过
躁动和绝望,甚至长久地
砸痛我的脚趾

2018.4

传　递

被一天两夜大雨击穿的
初夏
也这么凉
短袖又回到外套

河水暴涨,变黄
天色灰中带白

一艘拖船牵引后面货船的钢索
突然绷断
击中了一个无辜的船员
他的腿断了

当然,这是很多年前我听说的事
现在,无故地浮现出来
并把疼痛
传递到我身上

2018.5

听　觉

一场急雨
就像所有的急雨一样
不用描述

清清楚楚的楼下
两辆车子未停，它们先后
直接在雨中开过去了
第六辆白色的车子
停住
一个穿着白色吊带裙的女孩，从车子里
抱着头
向外冲出
后下车的一个男子，却不慌不忙
不惧雨水淋湿他的 T 恤

有人早在街边支起一顶
红色的帐篷
下这么大的雨。谁又会下楼
去喝点啤酒，吃点什么呢

雨的响声，代替了世界上
所有的响声

让人觉得所有的事物都是为了听觉而活

2018.5

"野生大鱼"

烈日悬空
凉意十足的车子里
我偶然瞥见
路边某店上面,有一块招牌
"野生大鱼"
一晃而过

这让我顿生不安
并且,这种不安一直在延伸下去
烈日仍然悬空
但青天的颜色发生了细微的变化
可又不像是马上就会下雨
阳光仍然透进车子里
我看到它照在一个人
明亮的腿上

那是一个无法清晰地描述的下午
我以为会变天
但直到晚上,我下车已经很久
那辆已空无一人的公交车
还是无法终止自己的行驶

2018.8

割草机

刚届下旬,八月的青草
还青着呐
割草机已在响

清早似乎已过去了好久
我走在楼下时
那个操作着割草机的人
应该已转到了
另一栋楼的那边
除了遍地还未变干的碎草
就是云的影子

真的,八月的云影在许多人的脸上
写着无知,甚至
生与死
八月将过,但紧接着撞过来的
绝不是九月
茫然被擦掉以后仍然是茫然

2018.8

玩鹰的男子

时间不详
突然下雨了
但看起来不像是下雨

又再次下雨了
应该与上一段下雨无关
但这次看起来更像是下雨
其实雨势都一样大

玩鹰的男子
如此清朗
好久没有回来
整个下午,我都在虚构
这个人物

一直到月亮虚虚地浮现
我不得不叹气:
唉,那个人不可能携着风声
突然落到地面

2018.9

阴雨天

又是阴雨天
射钉枪"噗呲噗呲"的声响
格外
令人心烦

我去找装修师傅
(时间太久了,记忆模糊
我是下楼
还是从外面飘进来的)
去制止他们继续施工
(我就像一个来源不明的脚步)

装修师傅的脸上
没有一点潮湿
甚至也没有吃惊:
"这是你自己家在装修"
接着,他又蹲下去
握着射钉枪
继续射击

我默默捡起他扔在一旁的
雨衣

穿在身上
上楼,独自坐在雨中
(这不符合情理
但我的记忆确实如此)
我穿着雨衣
独自坐在雨中

2018.9

陌生人

我在遇到他们之前
不知道他们站在楼下
(当然,他们与我毫无关系)
小货车是空的
也许他们刚送完货
也可能是他们来替某一户
搬运点东西
那时我正在电梯中
有两个不认识的人在我面前
正含蓄地谈论性爱
这两个姑娘
她们没有到达楼底
在下降中就消失了

2018.9

另一个身体

最细的虫声
通过接力
还是没能到达月亮的表面

满怀歉意的
应该是我

很久以后,我去洗澡归来
察觉桌子和椅子
都有轻微的走动

我的手伸入黑暗里
无意中触碰到
还没有被月亮照亮的
我的另一个身体

2018.9

手术台

手术前一夜,月亮贴近病室的窗户
后来的事实
完全印证了它告诉我的一切

但我醒后,窗外何来月亮
只有零星的灯光和夜空
我不断在导演和演员之间切换

我好像就是那个穿着墨绿色无袖手术服
的护士
而不是二十分钟后进来的
同样着装的医生
仿佛他是一个次要的角色

是我让我伸出左胳膊,输液
并用带子扎紧
右胳膊并拢,一层层缠呵,另一个护士
正给这个躺在手术台上的人
测量血压

凡是清凉的视野
都带有银色的而不是疼痛的边缘

"开始吧!" 她将一块略微潮湿的布
覆到我的脸上
手术室在一瞬间消失

2018.11

大 鱼

从来就没有过
明确的大鱼

它只是一个人轻轻的喊声
她轻轻地喊了一下:
大鱼

我似乎就看到了一条大鱼
模糊的光影
一直投射到我的身上
太近了,我反而看不清它的样子
太深了,它已与我
融为一体

那个人消失以后
喊声却一直飘浮在空中

因而我一直没有脱离那条大鱼
带给我的缥缈的寒意
和冲动

2018.11

在地下车库

十月底的白天,地下车库里
居然有蚊子

没有人看到我
(在副驾驶室中)
开车的人停好车后,就乘电梯
直接上去了

二十七分钟后,有一辆白色的车子
开下来,停好位置
然后,下来两个人
挤进我的后视镜中
(也许他们在说话,但我听不见)

地下车库的地面是墨绿色的
(也许是灯光的反耀)
钉有许多道减速带

后视镜范围有限
那一男一女两个人的身影,被镜面
的边缘
慢慢裁掉

2018.11

客　船

从上一个码头（施口）
一直开过来
在板桥码头停靠
（我上船）
下一个码头是关镇
离最后一个码头已不远了（合肥）
恰好临近中午
有人去买饭
（我记得连菜一起，每碗五毛钱）
但更多的人
饿着肚子

2018.11

1985年,或者1986年

一艘空船停靠在村前很长时间
(大概半个月了吧)
又径自离开

一个一直模仿鸟类说话的人
突然技艺精湛
在某个薄雾的早晨
他带领全村的鸟类断然出走

树叶惊恐
像是全村的人脸都
挤到了一块

有人提议,把所有的房子拆了
然后重建
然后每个人重新呼吸

因为独自玩弄一颗星星太晚了
我一直蒙头大睡
对村中缥缥缈缈中所发生的
全然不知
从此,再无法修正

任何记忆上的错误

2018.11

城东曾经确实有一座飞机场

那并不完全是虚构
城东曾经
确实有一座飞机场
有飞机降落、起飞

所以我说有一架飞机在
城市的屋顶上
盘旋
应该是真实的
虽然不是亲眼看到

它对众人没有什么影响
却对我这个根本没有看到它的人
意义非凡

一架飞机就这样
在我的视野之内
盘旋着
我未来预定的生活不可能不被它改变
甚至被彻底摧毁

你看,我现在放在桌子上的手

还有它的影子闪耀
我的头发上
还有它的轰鸣声掠过

2018.11

飞机上

邻座是老吴
邻座的邻座是
老葛

老吴要的是一杯热饮
我要咖啡
老葛要的也是
咖啡

老吴很快喝完
他想捏一下空纸杯,但手指
又停住了
他将空纸杯立在
小搁板上

"飞机在飞吗?"不知老葛是问我
还是问老吴
也许自言自语

飞机当然在飞
即使我不看窗外
即使上飞机之前

我的身体没有不舒服
飞机肯定在飞
但，就像没有飞一样

2018.11

就要来了

天色没有什么变化

但它
凌空而来
不可能是一阵急骤的雨点
也不可能是一只
巨脸白鹰
那样高的高空
什么都看不清
更不可能是脱轨的陨石

反正它就要来了
敏感的气息
已吹到你的身上,但是
天色仍然一如既往
惊惧总是在瞬间不可预防地发生

2018.11

芜湖路

那时我已经离开
没有看到梧桐
但显然,在夜晚它们加快了
落叶的速度
(落叶仍少
只是下降的速度加快)

一部分梧桐站在路灯下
另一部分
隐身在黑暗中

我从梧桐树下
一路走过来

一个穿着考究的人,应该是个主管
站在饭店的门口
另一个不明身份之人,在光影模糊之处
和他说了几句话
然后离开

呵,透过玻璃
居然看到两个厨师

大门边的一块公开的空间里
正在烤鸭
炉火不足以将他俩忙碌的脸映红

2018.11

雨　夜

如果没有头顶上的路灯
没有不断射过来的
汽车前灯光

我不会看到地上这些湿淋淋的
梧桐树叶
仅仅一个下午,在雨中
落下的就这么多了

刚才 A 把车子靠到路边
我随后下车
雨仍是断了线的珠子

真的不好落脚
一个穿红雨衣的人,居然牵着一只
黄色的豹子
从我身旁超过

我甚至看到,有的房子
也在跟着她的背影走

2018.12

猎　枪

邹老板是我朋友的朋友
他很有耐心
煮普洱茶
然后一小盅一小盅地
递给我们喝

这是他的办公室
在他厂房的二楼
空旷而又随意

桌子也很乱
居然有书和毛笔，沙发上
居然扔有生活用品

一顿茶喝有两个小时了吧
该下楼去吃饭、喝酒了

他居然拿出一杆猎枪
站到走廊上
对准已黑透的旷野

我和朋友还立在办公室里

当然,枪声不是很响
我现在还渺远地记得
就像擦燃一根火柴

2018.12

在火车上

在火车上
我总是很安静
总是很安静地
看着外面

有时只是一棵树
(当然,不可能只是一棵树)
有时只是一所房子
(当然,也不可能只是一所房子)

有时,只是一轮太阳
我不一定能直接看到它
它以一定的高度和倾斜度
照耀着火车
和天下

有时我远远地看到
有一个人
或两个人
(大地太茫然了)
不知道那一瞬间他们在干什么

2018.12

避 开

我和老陆
都坐在公交车里
都望着车外

附近的铁轨上
一只火车头
正在与我们反方向地
奔跑

我不知道老陆是否看到了它
尽管它很慢
也是一闪而过

老陆也没有问我
他没有回头

就这样
一只似有若无的火车头
成功地避开了
我们闲碎的话题

2018.12

在苏州

应该还有河,但它在这排旧房子
的后面
(我从一条狭窄的巷子里穿过去
看到了它,还有一个排灌站
河边有人在冬天的树木下骑车)

再次回来,在一家店前看它售卖的
旧日的器具
(灯,香炉)
隔壁有人卖鱼和弹棉花
异乡人的脸,在这里越来越少
熙熙攘攘的人群,把寒冷挤到了
高过屋顶的
沉闷的树叶上

我以为灰蒙蒙的天空中,会有
一只鹧鸪,飞进这间面条店里
已旧的窗口
确实冷,桌子上很快只剩下
一只空空的碗及筷子

2018.12

忆清晨

我知道车内外有着巨大的温差
那是一个遥远的冬天的清晨

车子还很稀少
我在车后座,渐渐驶到了高架桥上

呵,朝阳的颜色
突然大白于天下
而远方古塔渺小的并不耀眼的影子
不断与前车的辙印交错

昨夜看到一队铁驳船
在星空下的运河中驶过
这让我产生了许多身体的联想和比喻

而今早,被霜擦洗后的朝阳
我把它当成一面镜子
镜中一列火车
被徐徐从苏州火车站坚硬地抽出

2018.12

街　道

苏州也那么冷
街道看上去，不像是苏州

而对一个陌生身体的熟悉
却没那么艰难
忘记也比记住更快
茫然不会闪耀
它只不断在眼前飘浮

第二天，在公园里
竟然有人在卖鹦鹉
他蹲下来看
那样漂亮的羽毛，没有谁能模仿

2019.3

冷　艳

并非因为很冷才吃鱼
但吃鱼那天
苏州确实很冷

酱油放得很多
又听到老板是安徽口音
于是我点点头
很好

这不大的鱼
(正常盘子大)
根本不是来自东海
(我怎么会这么想)

服务员的步子多轻
就像是没有人在走路

吃完了，我才看到那个盘子
虽然粗劣
但也如此的冷艳

2019.7

从富阳到桐庐

江水涨得有点高
流得更急

我经过的那一段
两岸没有山,都是普普通通的江堤

一路无所遇
除了少量的船只,和江堤上的树木、房子
(大部分江堤上是空的
偶尔有人影走动)

仿佛不是乘船
是时空中有一双手,把我从富阳
弄到桐庐

这一段就是空白
不给我任何记忆

甚至,船对我来说
都是多余的附加物

2018.12

桐　庐

穷尽一生,我也无法研制出
这种青绿的颜料

多少青绿的颜料,才能堆叠成
那江边的重重之山

我总怀疑,有万千安静的老虎
就隐伏在那明亮的山林之中
它们的呼吸,与江水的流速一致
它们起伏的心肠,也就是江水的心肠

在桐君山上,我在一条覆满青苔的石凳上
独坐长久,自比为一个失败的画师

我的指头斑斓,它被神秘的绿光笼罩
江山所有的重量,都
蕴积于
我笨拙的手指

2016.5

钱塘江边夜行

看不清黑漆漆的江面,看不到
有任何一艘亮着灯光的船只
在夜航

也看不清江边的树木,是不是水杉

我甚至否认
江水在流动,那个时候
我突然想到了一个荒唐的比喻
"我的心就是一只不合季节的河蚌
它还没有春天时那样细小的开口"

火车在另一边的民居和树木后面轰轰闪过
亮堂堂的车厢
掠走了大部分的黑暗
以致我这边的公路上,因为
残存的微光的作用,变得更加细腻

有一些叶子在无人知之处
自我落了下来
那样细微的声响,不足以
填满黑暗中的空山

2017.5

海　上

在海上
我看到了一架飞机
好高
在发亮的天空中
几乎看不见
大家都只在乎船的本身
只在乎大海

当我垂下视线的时候
另一艘船
在我们的前面
但向另一个方向开去
它与我们的船
颜色不同
阳光真的耀眼呀
给我们完全陌生的满足

2019.1

脸

他长有一张鱼的脸
在夜晚它才显现

他是一条被不断边缘化的鱼
对于鱼的事
已不再关注

他将所有的热情
都耗散在飞翔的天空
水滴、谷子都像星星,有着明亮的轨迹
没有谁是静止的
没有谁不张开翅膀

他只与一只有着猫脸的鹰
(不是猫头鹰)
在一个神秘的时刻默默对视
不是敌视,但
更没有和解
两张脸,保持各自的秘密

我撞见过那一幕
并且在接近他们之际,突然晕眩

一个旁观者的侵入
使神秘的夜空
不得不瓦解

2019. 1

旧　货

老板也是一个雪蒙蒙的影子
他淡淡地
对另一个人说：
"别将那上面的雪弄掉"

露天摊放了好多根旧木头
还有旧门窗
甚至还有五只
洁白的坐便器

虽然是同站换乘
但落客站点，到另一路车的
上车点
足有一百米

因而我看到了这个旧货市场
看到雪花飘落
白色的视野中
旧货们安然而宁静
暂时还没有足印
从它们中间踏过

2019.1.9

从桥的北边钻出来

我没有看到大船从南边
钻进桥肚
但我现在看到
它正缓缓地
从桥的北边钻出来

不少行人在桥边驻足
但汽车仍然照常从桥面上驶过

先出来的是船头
锈红色的
船头上有几个与船身颜色相同的缆桩
船沿上挂着几只
防撞用的黑色轮胎

船上还有一间操纵室
和黄色的抓臂,及锈红色的抓斗

不是一艘船
还有一艘空船与它并排,泥迹斑斑
空空的船舱中,显然才卸过污泥

在正常的内河中
它们当然是庞然大物
但这不是我说的,我转过头
说这话的人,正双手插在
冬天的裤兜里

2019.1

在拉萨看到月亮

下了近一个小时的
小雨
终于停了
我看到了早晨的月亮
那时有许多人在街头等车
只有我多次抬头看向天空
它那么薄
(指它的边缘)
应该是在什么黑暗的地方
被磨薄的
(比如在雪山之中)
我有理由认为
它一直也在寻找一个人
而且最终将他锋利地选中

2019.7

拉萨河

即使是正午
也没看到有人在拉萨河中
洗澡
应该有过
但我恰巧不在河边
现在已是傍晚
一个朋友开着他无证的皮卡
那里是拉萨的郊外
穿过曲曲折折的居民区
他带我来到河堤上
开了一段,他把车子停住
河水毫不幽暗,湍急中闪着寒光
飘浮在天边的云霞
也有着烂漫的本性
我仿佛看到极少的鱼
且退且回望
埋没在不慌不忙的水中

2019.7

我一颗久悬的心,终于放下来

我们要翻越的这座山
不是雪山

那几座雪山就在这座山的
近旁
淡然地看着我们
汽车不断盘旋,有时上
有时甚至下
因而那几座雪山
在我们不断变换的视野中
涌现或消失

有个藏人,在飘忽不定的车里
给我们讲一个僧侣的传奇
记不住呵
耳朵现在有用吗?我牢牢抓住的
是眼睛

那几座雪山并不刺眼
白中似乎带点淡淡的黄色
它们不会飘浮
根基太重了

我一颗久悬的心，终于放下来

2019.7

雅鲁藏布江

两天后
我看到宽阔的雅鲁藏布江
急急奔流
甚至还看到河滩上的一条船
和成片的青稞
明亮的天空中
像是有个人顺着风在唱

可此刻我在它的上游
它那么窄和深
明亮的午后
江水像是黄昏的暮色
我听到有个人也在唱
但嗓音低沉
是在云层中

身旁正好是几栋不连贯的房子
我们俯视峡谷
并且幻想骑着马往前走
一个歌者的情绪
感染到我们身上

2020.2

喜马拉雅

一只鸟在空气中绝望地发芽。
这只鸟,永远不会有果实。

在喜马拉雅山的脚下,
它与我们相提并论,
处于同样的高度。
它用平静得可怕的眼神,注视
冷杉、我们,还有在夏日中
仍然寒冷的马匹。

还有二十公里,也许十公里。
喜马拉雅山下的激流,仿佛从
冷库中冲出。
水中的每一块石头都有不可磨灭的
锋棱。
即使有鱼,也会被激流震荡得
肉与刺分离。

眺望一下而已。
喜马拉雅山,永远只会贡献出雾气与黑云。
而我们回转的脚步,所烙下的印迹
又将积满八月的雨水。

2015.12

我听到是一个面具在唱

我听到是一个面具在唱
《心咒》
这个少女
她戴的是一只羊的面孔
她在面具的后面
如星光一样沉默
有时
她戴的是一头牦牛的面孔
但她也同样沉默
如雪山上空
一弯新月
少女的胸腔多么干净
它不直接与尘世接触
她通过不同的面具
与看不见的神
沟通

2019.10

趣　味

我喜欢神秘而又突然来去的事物

就像很多年以前
有一支船队
(不知装着什么货物，在一艘拖轮
的牵引下)
路过村前
但突然，在河面中央停了下来
那时许多人
正蹲在门前的河堤上
端着碗漫不经心地吃饭
他们目睹了这个情景

有人说它们来自甲地
(这怎么可能，它那么远)
又有人说它来自乙地
(这更不可能，它也那么远)

没有人知道它什么时候离开的
应该是在深夜
人们都在熟睡
只有我醒着（其实我也没有醒

白日时,我将一只空蝉蜕
挂在河边的树丫上,它源源不断地
给我传来水面上的消息)
没有目睹,但我在梦里听到了
那支船队不为人知的举动

2019. 2

惊心的夜晚

在天黑的时候
听到水响
可能是船的
也可能是水鬼的

其实村子里已经没有人在走动
每片树叶都很单纯
于是就在这个时候
诡秘的雾气开始飘浮

呵,一个胆小的孩子
在很早以前
他就没有哭泣

躺在黑暗的床上
在公鸡、牛和其他牲畜的气息中
度过每一个惊心的夜晚

2019.2

工 地

那座跨铁路的立交桥
已被彻底拆除
荡然无迹

有两台挖掘机
岿然不动
还有一台机器，应该是钻探用的
高高的钻杆，——天空如此之蓝
但又如此稀薄

有红色的沙砾和碎石
堆积一旁
如此强烈地耀眼

安静有时就是色彩
色彩构成了事物
和人的身体

是呵，我弯腰，想从这空寂的
工地上
捡起什么
但无可捡拾

2019.2

在扬州大明寺

扬州大明寺的后面
在下雨
(当然整个扬州都在下雨)
可又停了
然后是晴天
接着又变成阴天

那里有繁茂的树
和萧索的水
还有懒散的人,和肃穆的人
"下午是个残忍的东西
谁能忍受
并将它耗掉
谁就能看到自己的前程"

可有些人一直在寺中
没有到寺的后面来

阳光偶尔从缝隙中透射下来
直指我们暂未涉足的某处

2020.4

地铁开向三十埠

地铁开向三十埠
那是目前的终点站
(延长线即将动工)

一个待在地铁中的人
不可能描述地铁
也不可能描述或多或少的乘客
对于自身的描述
更是无能为力

三月的夜晚
春风肯定缭绕于地面
星星,已经一朵朵盛开

而我仿佛已经彻底放手
彻底轻浮下来
让地铁如灯光中的影子,催促着我
如游泳,在三十埠戛然而止

2019.3

忘 记

我记性不好
总是忘记时间和地点
反正是有一次
我乘车经过一座铁路桥
没有任何声响
我一抬头
看到一列火车（当然看不到车头）
那些黑黑的车厢
一节接着一节，就停在我的头顶

没有任何争议
甚至也没有惊诧
只是记得，天空中停着一列火车

2019.5

光滑的身上

一头光滑的鲸
从深海中
直立而上
蓝色的水里,我看到
它漂亮的胸腹

其实这首诗我要写的
与鲸无关

我在对她讲一个故事
躲躲闪闪的词句间
我也没提到这头鲸
没有提到
我的迷醉和震惊
我很快就结束了我的
叙述

你们都同时升到了海面
这是她问的

而这时我已把手
搭到

她光滑的身上

2019.6

出梅还早

5：20，我梦到你先到了阳台上
然后穿过客厅
来到我的卧室
问出梅了吗

我记得餐桌上
有五颗火龙果（四颗，
临睡前被吃掉了一颗）
其实你想买的是枇杷
但我记错了

我还梦见你根本没有起床
睡得正甜美
两条小腿像幻影

出梅还早，但雨短暂
太阳更明亮
生命中有凉凉的甜味
遇到我们的身体
有一些东西停止移动
它由观望而变成静止

2019.7

去邮局寄信

没有别人寄信,空空的柜台后面
只有一个营业员
(柜台另一头后面也有一个
但她只是代收水费、电费
出售飞机票和长途汽车票)
柜台外面的空间,横向
设置了另外的柜台,专卖手机

我用她给的圆珠笔在信封上
写地址,这不是一封
给个人的信件,所以只写上
单位的名字,封口
和粘贴上邮票
原先还有一个半透明的箱子
从口中投进去,而现在
直接给她
至此,全部完成

我当然知道她不是谭丽
只是长得非常相像

2019.7

悲痛的认识

我偶然想起父亲下葬那天

两个人,也许是三四个人
我一直记得他们
扛着锹
提前到河堤上

这些人现在都已不在了
先后离世
虽然冷,那天阳光却很好
还没有人穿上棉衣

我一直记得河堤
记得有船从河中经过

好像从来都没有什么发生
只是似乎少了什么,很久以后
我都有这样悲痛的认识

2019.7

游 泳

她梦见她在游泳
细节不知
反正在游泳
她说

而我梦见她湿淋淋地
站在我面前

夏天总是令人
不忍离开
接着她去换衣服

我记得清清楚楚
那天我在太阳底下
大汗淋漓

2019.7

听 觉

那一排商铺还没卖掉
(不,中间有两间
已经营业)
我对它们毫不感兴趣
这条街没有人
因为它的西头
是断头路
天色略微变暗
一间玻璃门紧闭的商铺内
我看到两个人
身影有点模糊
他们正在说话
但难以听见
我怀疑他们在商铺之外
被玻璃折射
我又怀疑他俩在
另一个空间之中
有时候听觉比视觉
更令人惊心

2019.7

夜游青弋江口

青弋江到此为止,楼宇上的华灯
全都倾泻于水上
缤纷的色彩深透水底

有几栋楼立于青弋江和长江的
交汇处,分不清属于谁
夜风更加广阔
几公里外,江边一线遥远的灯火
"那是无为县"
但很快被否定,她的手指
似乎从黑漆漆的长江江面上飞过
"无为县在对面"
长江在那里拐弯,那一线灯火处
其实和我们还是同一条江堤

夜空闭口,它让江水在无声中
自由地表达

2019.9

蓝色的星星

在夏天的地铁中
我看到一个姑娘的胳膊
手腕处的伤疤上
文着一只蓝色的
星星
如果曾经自杀
伤口应该在手腕的
内部,而不是在
手腕的背面
这个弧形的伤疤,可以看出
已经愈合很久了
现在这只胳膊
正有力地抓住车厢中的
扶杆,黑色的头发
和口罩
几乎遮住了她全部的
脸孔

2019.7

船只观察者

父亲死后还看到过
许多只船
他就埋在河堤上

如果平均一天有三只船
从河里驶过
一个月他就会看到九十只船
一年看到的就有上千只

他倒不一定对船感兴趣
生前也未从事过与船有关联的工作
那条河太空了,他又无事可做

也许现在他只是一个船只观察者
但并不研究
只是船只驶过时所带来的短暂阴影也许
减轻了他生前疾病的疼痛

2019.10

霜　降

我看到了清寒的绅士
但他并不是树木的化身

回到现实吧
白霜未下
有四只黑鸟,在温热的地上
三只站着不动
另一只在轻轻地走

我为不能与它们清晰的眼神
对视,而
抱憾终生

所有的白霜都产生于树木的内部
不知何故
被运到空中
然后稀疏地落下

而那个绅士,有可能就是我的祖父
他躺在地下
一双不闭的眼睛
有时失神地凝望着

霜落中的青空

2019.1

与朋友在扬州大学食堂吃兴化鱼汤面

艳阳下树木的阴影

多么凉爽

秋天已侵入大地很深

朋友的脸明明灭灭

(这是我的幻觉吗)

我们在低头

吃鱼汤面

好大的青花碗

鱼汤(面汤)鲜美

我刚才目睹了制作的整个过程

是从那个很大的

不锈钢保温桶里

舀来滚烫的鱼汤

浇入面条碗中

落下树叶的只有梧桐

其他树木的叶子

正在枝条上变换颜色

我们放下筷子向外眺望

许多在光亮中行走的人

都如梦似幻

2019.11

金山寺,一个夏日的正午

那么多拥挤的树叶
快要触及发烫的云团

鱼贯过马路的游客,已越来越稀
临近正午,终于变成了零

盛酱油面的碗如此之大,令人惊叹
而之前
盘中的鲈鱼已成骨架
壶中的酒,摇晃中已无声响
(真的是装在壶中)

而更早之前
我低呼了一声
于是,一个人便款款地出现

大殿,及偏殿
甚至地上,全都被如雨的蝉声砸中

这个时候游寺的人,真的是不怕热的鬼魂
在清凉的檐下躲避的
是树荫和偶然的轻风

睡莲如此不够圆满,如此
被明亮地关注

我在寺外仰望,佛像透过墙壁
我看到他们苍茫
而惊心的轮廓

2018.11

镇 江

坐高铁、动车都从南广场这边上车

还有几分钟
我乘坐的高铁才会从上一站到来
站在 8 号站台上,隔着一排排铁轨
能眺望到那边缓缓停下的
红皮火车
和车站外的一幢幢楼房,炎热源源不断
降下,生活以一如既往的节奏
看见的和看不见的,都照常行进
阳光从站台高大的棚顶上,不断摔落
(这与南京南站、合肥南站站台上的
黑暗,完全相反
但它们的站台弥漫着阴凉)

夏日如一场无声的风暴,用噪声、汗水
席卷我的身体

而铁轨正以自己坚硬、忍耐的身躯
移动每一寸大地

2015.7

叙 述

寂静的客厅里
我喝咖啡
(光线有点暗)
但能看到冬天的雨
不太大
也不是太冷

有一辆运红砖的卡车
(都是旧砖
来自一个工地)
共有七辆
但似乎只有一辆是真实的
它在不断循环地跑

2019.12

乌兰木伦河

到处都是大地微微起伏的线条
是我从未见过的
内蒙古的空寂

从深夜的飞机场一路开车过来,一路都是
新鲜的寒冷

"那就是乌兰木伦河",一个人回答

星星稀少,它们被前日的大雪彻底洗过
看不到大桥上有别的车辆
在这隆冬的深夜
过河的一瞬间,我仿佛一下地
就失去了双腿

2019.12,鄂尔多斯

鄂尔多斯街上

一匹透明的马
走过深夜空寂的鄂尔多斯的街
我正好失眠,站在窗后
大部分路灯已经熄灭
我看到它低着头,迈着
沉缓的步子
四蹄霜花闪耀
而傍晚时分,也是在这扇窗后
我看到一个穿薄呢短裙和靴子
的少女
有点慌张
从楼下停泊的两排车辆中间
匆匆地穿过
她与午夜的这匹马
不完全一样
又有些神似,这将耗费我
接下来漫长而单纯的后半夜

2019.12,鄂尔多斯

北方的诱惑

其实我走得很慢,也很轻
渐渐超过了前面那个人和他的马
经过他和马身边时
我们相互
微微点头致意

向北,继续向北
渺茫的草原没有欺负我
渺小的身子

我又遇到那个骑马的人
在路上,我不断从他和马的身边经过
天空没有任何内容
但它读懂了我们的眼神
我们相互微微点头致意

两个人和一匹马
没有谁停下自己的步子
太阳已与星光、雨雪无数次交替
只有北方没有变,它一直在远方闪耀
诱惑我们终生前去

2019.12,鄂尔多斯

阴 山

有一个神灵
就在云层的边缘
一半暗一半亮

阴山积雪很少,只在背阴之处
一群黑羊在翻山
但与灰褐的岩石完全混淆

更少的光影
从高空直凿而下
像是在山坡上刻画
那个神灵的形象

飘忽不定的地点
神灵不断
从这儿和那儿
浮现出来

但它有一个根
一直深入到
坚硬的石头下面

2019.12,鄂尔多斯

南方村志:变迁史

对于夜空,它们都尽到了绵薄之力
无论星粒、鹭鸶,还是露水

"那是一个死去的孩子"
有个人红着脸,在寒气中告诉我

但我还是不能完全明白
我是指这个深夜
行船回村的人
为什么有这样清冽的比喻

村子里的人越来越少
好像这就是它本来的面目
自十六岁以后,我再未听过
一粒星星或露水
轻声的弹奏
潮湿而难以割舍的道德
总是最先惠及大地

村子终于完全空了
最后一个离开的人用
少量的稻草

包裹仅能带走的某个暗中的物件

从此,我常在深夜醒来
不知被已彻底消失的村子里的谁
突然照耀

2020.1

某条大鱼

一个朋友
说要去某个海边
看大鱼
天那么冷
我接着梦见
根本没有人相信他
大雪不能覆盖住海水
我最后梦见他
整个冬季都贯穿着
痛苦
他的火车一直在走
就在他窗外的平原上

2020.1

南方村志：神秘的根源

他知道那是面具
一直戴在他的脸上
直到天明时
才可不被他人所知地
取下

它有猪血的气息
但更可能有鸡血的气息
(鸡血避邪
鸡鸣却从未缭绕于他的耳朵)

他在黑夜的面具下
确实看到了火星西沉
一条怪鱼的哭泣
一头水牛，时隐时现
但从不进村
水鬼们的步子更轻
在湿漉漉的雾中
变成树木

除了他，没有哪一具躯体
在夜晚不是平静的

面具导引他
找到神秘的根源

生命在白天,随着面具被摘下
才失去喧闹而
变得单调

2020.2

在岷江上开船

在岷江上从未见过
一艘船

因为我们一直在岷江的上游
后来最远也只走到
灌县那里

老叶说下游肯定有船
太阳这么好
不可能没有船

而我想的是
甩开老叶
在岷江的下游开一艘货轮
我自认有足够的经验
而且我一直误以为在别的地方
自己开过船
且已深信不疑

在岷江的下游
我将进一步看到
山上的鸟雀,和从山谷中

来洗濯的暮色中的猴子
(老叶却说,不可信)
拉响的汽笛
交织着船四周茫茫的雾气
使我终于将船开到了海上

2020.2

这个意思

我从没有
对一个人
提到过帽子

我没有到过铁道边
更没有看见他

可他为什么
到处说我对他
提起过帽子

风吹起的是苍鹰
它像一柱烟
直直升起

我对那个人想说的
其实是这个意思

2020.2

我们拥有的东西很少

我们拥有的东西很少
连雪也没有

否则,在夜晚
放置在阳台上的酒瓶或者
一只粗陋的罐子
都会在向外的部分
染一层细雪

过去的经验根本不够用
即使我们互借

迷人的气息更不在未来的体验中
一个人哭了
这是真的
她在黑暗中哭了

我看到了
但却没有人相信

2020.2

南方村志:水麻布

有个人过来告诉我
别透过这样的水麻布
去看另一面

有几年,水麻疯长
村里人不得不没日没夜地割麻
剥皮沤烂
九九四十一天后
(村里人就这么算账的)
才可将它扔掉,也可将它织成布

布的另一面可以在白天
看到诡异的月亮
还能看到鬼(都是死去的亲人变的)
那个人掩着脸,又说
并不是我恐吓你

村子里很空
像是我第一次回来

这块布在哪?我不解地看着那个人
——村子里只有一个人织成功

那个人最后叹息着说
他携着布,已躲藏多年

口口相传的东西
总是令人迷醉,并互相怀疑

2020.2

南方村志:从未有人见过他们

一只很小的
鹭鸶
站立在某个人的肩上

还有个妇女
居然有一只更小的稻鸡
从她的袖口
将头探出

那么大的一般木船
在河滩上七零八落,拆卸下
的木板,摊了满地

都站立在河堤上
向下俯瞰

作为一个孩子,我记得清清楚楚
有几个人交头接耳
带有芦苇的气息
而在村子中
从未有人见过他们

2020.2

白色箭头

白色箭头符号
画在地上
小区一期南大门前面
小区建成后就有
它现在已被磨旧了

今天我
去买蔬菜
又走到那儿
雨后的它更加醒目
让我突然慌乱
低头看它所指的方向
我只能往回退
且偏离正路

"它是一根不祥的手指
又是死去的彗星"
这是今晚的梦中
我将会冒出的诗句

2020.2

这也是光芒

我们为什么用手电筒的光束
乱射天空

早春仍然较冷
夜色展开的空旷
超过任何人心的领域

没有麻雀飞舞
没有麻橘鸟飞舞
苍穹上
也没有苍鹭

微不足道的
几柱手电筒射出的光束
不可能到达云朵中的
飞兽

突然我看到一个陌生人
通红的手——
它正从前面
将我的手电筒捂住

2020. 2

大　鱼

我看到一条大鱼
但不是全身
只是鱼脊

只是白森森的鱼骨

那么冷,并不因为我坐在黑暗中
它死了,一根鱼骨
也用寒冷的眼睛
逼视我

2020.2

小说：Y城记

我把杀羊人的
一只羊头
偷走

黄河无声
只听到黑暗
在黑暗处滔滔

难道这是我沉醉的事业
和一蹴而就的本领

我把羊头藏在
月光的下面
像一场大雪
将它覆盖

一根遗落的羊毛
是那么重
沾在我的鞋帮上
让我迈不动
逃亡的步子

2020.2

雾也使我

雾也使我失去了听觉
嗨、嗨
也许是嗯、嗯
虽然很轻
还是能听到

雾也使我失去了记忆
失去修辞的能力

我只能说后来
她像是走在平衡木上
但一直未掉下来

2020.2

南方村志：也有人说

村子里有个人
冬天都戴草帽
藏着面孔

他有一个绝活
虽然不是漆匠
但他用油漆给别人的船只
在船头两侧
画上眼睛

在鸡叫第一遍时开始画
船主给他提着灯
鸡叫三遍时收工

从此此船再不会沉没
也不会被邪恶的鬼神纠缠

他还会在木桨上
用红漆和绿漆
画上一个凶神恶煞的脸
据说也能避邪

他就住在我家隔壁
我从未见过他草帽下的面孔

让我心惊的是
夜半时分
经常听到他家传来奇怪的声响
有人说那是水声
也有人说
那是他在与鬼神打斗

2020.2

过　江

那时火车到了江边的二坝镇
接着要坐船
才能过江

在昏黄的窗口买票后
坐在候船室的长木椅子上
无能为力地焦急

暮色已完全垂近了江面
栈桥上的铁门，到时间才打开
此刻没有人看守

候船室里有人在说话
声音好像有意压得很低
这给我带来一丝兴奋的神秘感
难道过江的人，人人都怀着
秘密

反正我没有秘密
我看到有人在兜售牙刷
光线不好，他的脸看起来非常浑浊

2020. 2

被拆了

站在天桥上
看火车
那时这座天桥
已经被鉴定为危桥
禁止汽车通行
但行人可以步行

我不费吹灰之力
就让一列远方的火车
一直开到我的身下
又向另一个远方而去
因而我称那个冬天是
伟大的冬天
我天天从天桥上经过

那段时间
仿佛这些火车都是由我指挥

2020. 2

看一个画展

虽然叫酒吧街
但并没有多少酒吧
画展也并不在某个酒吧里
下车进门
有一部分人坐着或站着
在幽暗中
(光线确实不好)
墙上有画
有人已在一幅幅地看

还有几个人
在向下走
原来地下室的面积
也跟上面一样大
有个人不下来
就孤零零地站在
楼梯上

那天不冷
因为是冬天
街面上显得更干净
我中途离开画展的时候

看到一个人面向街边的
一棵榆树
距离那么近
好像她就要动手
去剥掉一块黑黑的树皮

2020.2

还有一个美女要来

街旁也有许多棵松树
我在等某个朋友
从天桥上过来

下午将尽
寒气与暮色难辨

要到天黑了才一起出发
所以先到他的房间去

还有一个美女要来
他总是这样说

他总是这样说
因而每次去小酒馆,都是
天已黑透了

2020.2

货　船

一艘货船迎面而来
它是一艘空船
我在车上
眺望近在咫尺的河面
与它越来越近

雨还在下
冬季的细雨不至于模糊视线

冬季的细雨不至于退回到
我刚刚路过的集装箱码头
我曾开慢
眺望对岸码头上停泊的一艘艘货船
船舱又空又大
全都浮在冬季的河上

2020.2

另外一个男人

一个男人在小雨中扛着铁锹
他恰好走在铁道的附近

不止一列火车
但不会同时出现
一至两列火车走到前面的某处
又退回去
然后新的火车慢慢开来
一节节空空的车厢将春雨切断

这个男人只是恰好在附近出现
他消失以后
小道尽头并没有
另外一个男人在春雨中再次走来
扛着铁锹

2020.2

我在写一本有关身体美学的书

杀鱼的人
在一九九二年的
某个后半夜
死了

比某个捉鱼的人
之死
要早半年

这是我那一年中断学业
回到村子以后
听说的

孤立的、偶然的事件
它们充满凉意的美
更容易被我
写进书中

2020.3

一列货车

那时的站台四周
还没有隔离栏

我看到一列货车缓缓启动
看不到每一节车厢里
装的什么货物
但它又突然停下
每一节车厢发出的清脆的哐啷声
不断向后传递
原来每一节车厢都是空的

这列货车又接着重新启动
浑身再次发出空洞的脆响
然后每节车厢都相互紧跟着
一路奔驰

火车站里的人坐在一所平房里
并没有出来

云影低沉
快接近那座红砖的水塔了
但并不是表明心迹

2020.3

另一艘轮船

轮船上
雨只落向你一部分身体
而另一部分身体
在黑暗中

只有一部分天空在落雨
而轮船只有一部分在雨中

我看到你微亮的脸
抓住的却是你在黑暗中的手

我完全在雨外
却与你在同样的语言的轮船上航行

2020.3

生命的秘密已被我洞察

火车只是一瞬

但我还是在座位上
看到了那个人透明的身影
像被春天的光芒射穿

他从过道上缓缓过来
模糊的脸上
闪耀着鲈鱼的气息
也可能是牡蛎的气息

在那些如梦的身体中
火车仿佛不存在
而我比他的旅程更短

已经下车
在看到他之前

2020.3

初夏的鲸和少女

初夏的鲸很小
但还是很大
是青色的金子做的
隐没在大海之中

而被很轻的初夏之风
卷过来的少女
分布在大大小小的路上

只有一个少女
坐在地铁中
地下的光芒源源到来
她的手中捏紧一只手袋
仿佛有很重要的东西
是她透明的身体
所不能守护的
因而紧张一直不能消除

2020. 3

游　戏

那个人说
来，我们游戏

确实，没有游戏
已经很久了

谁能不需要游戏
对游戏的热情
我从来就没有衰减

但从天空的颜色中
我实在找不出什么

这令我沮丧
一场游戏明摆着
存在
但我们就是无法参与

2020.3

她们不等车

砂石公路自县城出发
颠颠簸簸
辐射各个乡镇

我在秦桥电灌站旁等车
没有车站
就站在路边

班车的顶部有货架
车后有固定的铁梯子
让人爬上去
将笨重的行李放在上面
用网兜状的绳子系牢

电灌站抽取的是周岗小河里的水
周岗小河里的水
又来自店埠河

1984年的时候
我就看到有几个少女爬到树上
仿佛树枝

与我不一样
她们不等车

2020.3

沿着河堤走

如果沿着河堤弯弯曲曲地走
将经过网章村、周董村和薛滩村
网章村与周董村相距近一点
周董村与薛滩村相距遥远

一个人在空空的河堤上
真是渺茫
尤其是雾天
直到很近,迎面撞上一个湿漉漉的人
好像一个溺亡者重返故乡

2020.3

年　代

每一条雨都很直
本来是天空中发生的事
却触及火车身上

我的手触及的是很旧的座椅
旧，也是一种残酷的美
它通过我的手
像一股凉气
缓慢地传递到我的身体中

买票时，我看错了日期
在大雨中提前了一天

模糊的玻璃上，映出的是那个春天
我的懵懂和无知
以及隐隐的不安

那时候还没有喜欢绿皮火车这一说
我更未出门远游过

从上海到杭州，这一段雨中的历程
好萧索

又好虚无

2020.3

差 异

下雨与下雨有着很大差异
有的雨下得
非常漂亮

1985年一个春夜
雨不断落在电影院的前面
看电影的人不少
一部分人站在并不宽大的
候映厅里
一部分人站在台阶上
另一部分人站在外面的雨中

雨不是真的被灯光截断
或者,被截断后
它继续落下来

我在寻找一个能代替我的人
将他的身体
置换成我的身体
让他成为我
站在被灯火刺伤的黑暗里
那是一个涌荡和悲观

交替的年代

那晚我睡得很早
破天荒地没有去看电影

2020.3

让　车

火车不断变慢
离到站本来最多只要几分钟
却突然就停下

从蚌埠发车还能看到很低的月亮
一直很低
似乎不再生长

在漆黑的夜色里,无须凭借
不规则的灯光
就可判断火车停在离北二环不远之处
那样的寂静
仿佛这里不是市区
甚至不是城郊

足足有半个小时
有人甚至取下行李,向车门处奔涌
也有人安然地坐着
但心中肯定自生自灭着
焦急和愤怒

2020.3

邮 筒

宁国路北头
有一种闪耀的气味
它来自含糊不清的阳光和云层

我碰到徐晓东
他说不知道
我向前走
又碰到周汝友
他说根本没有看到

但蒋俊良说确实有个邮筒
就在前面
1994 年的时候
怎么能没有邮筒呢

但我还是没能找到
如果能在芜湖路上
遇到王雨春
他会说什么

是青草爆炸
淹没了那只邮筒

他肯定会这么说

2020.3

根本没看过

天那么冷
火车不应该出来

但还是出来了

一个人侧着脸
他看到火车在冰之间穿行
另一个人完全背着身
专注眺望

这是一部法国电影
而不是一部瑞典电影
有一段时间
我特别想看瑞典电影
或者
寒气咬掉脚趾的
挪威电影

2020.3

华北平原上的月出

月亮是有声音的
但我们听不见

这是第二个黑漆漆的晚上
头一天晚上
我们坐了一夜火车
天亮时来到这里

白天很快结束
春月在第二天晚上低低地升起
它是有声音的,虽然遥不可及
但我们身旁一棵树上的
一只夜枭
它在黑暗中用耳朵
给月亮录音

这是华北平原,它的浩大不可估测
卷走了夜空中一些
微小的东西
谁被剩下
谁的手指就在纯净中微微发亮

2020.4

春　夜
——献给红土、何冰凌、张宇轩

"安全气囊的弹开
猝不及防
像崩爆米花那闷闷的一声
一下子撞在胸口"

车子向前连续蹦跳
在冲到高速公路边时
终于刹住

前方的十轮大货车
隔着一段距离
也停住了

比瞬间还短
比闪电还快
但没有比破碎更破碎

那是一个安静的春夜
我从副驾驶位上爬出来
夜色有力地抓着大地
美好的清风从我流血的脸上吹过

2020.4

下雨的消息

远方不断传来下雨的消息
越来越冷酷

仿佛一根或许多根
钉子
嗖嗖打入我炎热的体内

我也许逃到了山上
或海外
我随手摸到身边的动物
它多么可爱,与我想象的完全一样
都有着银色的嘴唇

2020. 6

不可复述

梧桐满街
那么多青色的颜料
攒聚在空中
令人耳目一新

有两拨人喜欢在这树下
唱庐剧
简单的服装和道具
那是晚上的时光
而现在是上午
他们还没有在路旁出现,还没有
发生争端

透过密叶的光芒
让少量行走的人的身体
变得透明
好像它们并不存在
好像所有的夏天都是如此
确实是真实的,但不可复述

2020.6

在某某酒楼

有个人叫我去吃饭
但买单的是
另一个人

那个人还没来,开车在路上
他俩矛盾重重
想化敌为友

其实只为一件事
开车来的人
希望对方能将自己放过

其实起冲突的并不直接是那个人
而是前妻
空荡荡的桌子上,我看到了
他的忧心

一个本来不饮酒
另一个因为开车不能饮酒
只有我茫然无措地
捏着酒杯
甚至还有点紧张

2020.7

射箭馆

射箭馆有点大
至少是楼下三家小饭店的
面积之和

八月十二号黄昏
我去其中一个小饭店喝酒
上菜之前
我看到包厢外面有另一桌客人打牌
天地之间毫无秋意
有两个人一直站在屋外聊天
天渐渐黑透了
他们还没进来
树木的叶子在夜色中发出
哗哗的响声

有许多支箭从我的头顶上飞过
非常真实
就像我亲眼看到的一样

2020. 8

神秘的光源

一个卖鱼的人
在阴影里问另一个卖鱼的人：
某某疯了？
另一个人回答：可能是
热疯的

一刻钟后，我已身处河的另一岸
林木蔽天
我眺望到许多人在树下
八月苍翠之气未散
不是所有的人都会被夏天打败
有一个神秘的光源
在浓荫之中深藏不露

鹧鸪不会像人一样眺望
但它也会仰起头
仿佛在悲伤时间的流逝

2020. 8

鱼 头

大鱼都是
切开卖

还有三只鱼头
没有卖掉
其中有一只
鱼鳃还在一张一合
仿佛回忆刀刃
切过的
那一瞬间

非常新鲜和干净
没有传说中的
血液遍地

仿佛它们一直在水中
独自游泳
现在休息一会儿

2020.8

返 程

返回与来时的每一个地点
顺序是相反的
本即晚上
高铁车厢里的灯光又映衬到玻璃外面
像是另一个真实存在的
虚拟的世界
更看不清一路所经过的地方
在许多车站都没有停车
但凭着感觉
我还是能轻轻诵出每一处地名
并被它们一次又一次不断地
从我的头发上流过

2020.10

一部分的明亮

去哪家店吃饭
不是不好选择,而是
我们在马路的这边
车辆川流不息,路中间又立着
长长的隔离栏
找不到豁口
就像参观
我们已从路的这头走到那头
有的店不在底层
而是在楼上,招牌很高
那天太阳一开始很平淡
后来进入云缝里
突然发出夺目的光彩
让我们瞬间拥有了
一部分的明亮

2020.10

下午的鱼市

下午的鱼市
一家家鱼铺并没有关门
不明的光线更加幽静地迷恋自身
8号鱼铺的前面,一个妇女
不断提水冲洗门前的小沟
剩余的鱼在水箱中独自吮吸
由增氧泵送来的氧气

卖蔬菜的摊子更加冷清
但不断有人在肉摊前买肉
提过来排队
装香肠的摊子与鱼铺为邻
有人在阴影里立着
又有人眺望更远处的1号鱼铺

它已在市场之外了
一块石板上,此刻有一只鱼头
还有一把刀
空寂并非一无所有,它总是与一些
莫名的想象
交织在一起

2020.11

上海,九月末的一个黄昏

六楼之上是个露台
风更大
但没让越来越浓的暮色
稍微变得明亮

天空仍然巨大
在两栋大厦之间
月亮露出来,并且清晰
能判断出它在附近某条江上空的方位

楼下是一个工地
还有一半的老房子没拆
它们都有红色的瓦顶
灯光轻微,有人仍然居住的迹象

三个人立在露台之中
其中两个人靠得近一些,他俩在抽烟
另一个沉默不语
就像一个盲人

2020.10

红色的房子

我从宾馆11楼的窗口向下望去
左边是两栋红色房子
(当然,更远处还有几栋红色的房子
只是之间隔着一两栋其他颜色的房子)
右边有三栋红色的房子
(当然,更远处还有几栋红色的房子
只是之间也隔着一两栋其他颜色的房子)
当然右边还有更多红色的房子
视野所限,我只看到一部分
窗口的限制无法突破
它们都是一样的颜色和样式
红色的、陡峭的屋顶
和外墙
此刻,楼栋旁的空地上深深地停着
四辆小汽车
其中一辆是红色的,但这种红色
更加鲜亮些
这不仅仅是对12:09阳光的反射
人呢,正午红色的风景中
总有不可避免的缺席

2020.10

从江底隧道过江

车从很远的地方就进入隧道
上面就是江水
但一直没有看见

然后就是高速公路,天阴了
更显大地的辽阔
房舍稀少
厂区星罗棋布
有一处巨大空地,却云集了那么多的
车辆
它们整齐地被放置在那里
像有一双巨手安静地将它们按住
漏下光线的天空也为此震惊

2020.11

在松江吃鱼

还未到霜花闪耀,裹一身寒气之时
蜕去炎热的外壳,天空
才能显示出真正的原形

但我遇到的事实已经是事实
这确实是一条鱼
它在此刻的盘子中
不是我有意省略捕获它的过程
哪一条泾中,哪一块浜中
江水呵,已经初白

只是甲君遥远地问我:
这是什么鱼
乙君也遥远地生疑:
嘴尖,不像鲈鱼
不仅我,未衰的柳树和晚稻
对此也无法回复

我的祖父大约八十年前来过松江
但没有传承的历史就是空白
并非我的无知

聚精会神于盘子中
一条鲈鱼的垮掉,其实是给我的喉咙带来
无法克制的悲哀

2020.9

大地的喉咙

这条路现在已不是砂石路
但方向未变
许多年前我的自行车轮子轧着它
发出凹凸不平的声响

今晚,已面目全非的我从宾馆中出来
在路灯下散步
绿化带的外边是河流和紧贴着它的
狭长的公园
然后是冬日黑夜中的田野
树木只以身影说话,天空无所不在
它咽下大地上更多本不属于它的东西

更远处的高速公路上连绵不断的车灯光
仿佛我伸手可握

许多年前我与同学骑自行车
碎石迸溅,西山驿就在欢快的前方
后来有个人青春中的死亡
就消散在那里

许多旧有的地名、人名

一如今夜稀少的星星，它卡住大地的喉咙

2021.1

冬晨等车

那么早呵,天还未亮
高大的路灯上,光芒朦胧而炽烈
七个民工从空荡荡的十字路口
斜穿而过,去附近的工地

路旁田野中的油菜一朵朵如此硕大
我看到它们身上的积霜
细腻地全面对抗着空中的黑暗

这么宽的路,全是停泊中
冷冰冰的大货车
在坚硬的事物上,霜显然更少
而路面上连它的一点痕迹也没有

另一个乘车的人,从另一个方向
窸窸窣窣向公交车站牌走来
冬天的清晨,衣服在走动中
本身的摩擦
连黑暗也无法掩饰

寒冷如此安稳,它只从我的嘴边
轻轻流过

2021.1

电线杆

还剩几根电线杆没被移走
但已没有电线了
他站在其中一根电线杆的附近
向它遥望
电线杆上什么也没有
不值得遥望

但路面从未有过的干净
难得这样纯粹、大气的冬天
可能另一些人就要过来了
开着皮卡车,车厢中坐着人
还放着工具
他们将一根根无用的电线杆放倒
但载走不是他们的任务
事事各有分工

那天一直到天黑透了
我还看到那个人一身模糊的焦急之意
因为从没有车过来
脚下的路也太差了,没有路
全是田野

2021. 1

不明的年代

除了彗星,我不识其他星体
我有多次深夜从火车卧铺上醒来的经历

突然所目睹的
总令我惊心

它那样低垂
像一只手
直指大地
而这肯定与我有关
我的身上总是积聚了多个不明的年代

2021.5

兰州梦幻曲

一个僧侣要渡过黄河
一个酒徒要渡过黄河
还有一对私奔的情侣要渡过黄河

他们远远看着他,手起刀落
四只死去的羊,怀抱着空气

那时的兰州汹涌澎湃,怯步者在黄河岸边
默默绝望

坐在羊皮筏子上的人,毫无惧色
波涛的真理,总是将欲与它真正辩论的人
轻轻地放过

2021.8

穿 过

就在这阳光四溅的正午,一个人
骑着一匹马,缓缓地
从西宁穿过
竟然没有一个人看到他
就在我们的身边,仿佛他有隐身的本领
马的身上甚至还有雪的痕迹
青草的痕迹,而他的脸
闪烁有陨石般的颜色
当所有的人都陷身于琐碎之中
他却单刀直入
一个人一匹马,像个神
或像是神轻描淡写画下的不经意的一笔

2021.7,西宁

祁连山

祁连山的东端,郁郁葱葱
河水少而急

一颗颗雨点落在车窗玻璃上
像是透明的亡灵在弹奏
叭叭的每一个声响
都是一个生灵的枯萎和繁荣
喜悦和绝望

剥牦牛皮的人
剥羊皮的人
甚至剥树皮的人
自古以来,完全都是一个人
在角色与角色之间,不断转换

在这样的雨天,他应该也会放下刀子
再硬的心肠也会忧伤

2021.8

旅　途

雨声突然变大，茫茫地响。
那时已看不见大通河。
四野的油菜花已在衰弱之季，不够鲜明。
县城郊外，一个等车的女子
完全被雨的颜色笼罩。

道路变坏，两个公路筑路工人（也是女的）
几乎就站在泥泞里。
另一条初步建好的高铁线路，越过她们的头顶
直插祁连山之中。

越来越冷，有一个中年汉子
在扁都口用简易的炉子
卖烤红薯。
三米距离外，另一个汉子卖烤玉米。
他们都穿着很厚的衣服。

没有谁注意到天空这个中心。
它巨大的凝聚作用
让生活中所有的景象不至过于分散、孤独。
只有雨水是孤独的，它将连绵的祁连大草原
从自己的肩膀中缓缓抽出，

然后就停止了演奏。

2021.8

眼　神

还未到青海湖,路边的羊群和马匹
多起来
一块一块的,散落在明亮或阴影里
牧篷稀少,有时却又能看到许多人
站在草地上,不知干什么
还有若干停下的车辆
两个黑脸膛的牧人
就和衣躺在路边,侧望着公路
七月的阳光火辣辣地压着他们的身体
但羊和马的眼神是阴凉的
尽管我没能与那些眼神直接触碰
但深感到它们的幽冷

2021.9

晦暗之火

一个村子在流动
十二个村子在流动
一百一十个村子在流动

八月十七日晨,阴、潮湿
(昨日下雨)
我遇到另一个村子的人,他欲言又止

苔藓毫无衰弱的迹象
它仍然闪烁着晦暗之火

我也有一些话,要在苍穹低沉之际
转告别人
但如果我说出
青草就不再疯长,而脱离正常的轨道

2021.8

清澈的光芒

我从没有坐火车
到过深山
云南或贵州的深山

隧道一个接一个
山涧上的大桥一个接一个
大地上也有江河
异常急骤

有一个人在旷野上一闪而过
那时我正在小寐之中
所以搞不清他是捕鱼的还是打猎的
混沌的云团透射下的
是抓住人心的清澈的光芒

2021.9

走 过

一个建筑物,还没完全建成
我天天看到它

但昨晚,它至少一部分灯光突然亮起来了
勾勒出它不同凡响的轮廓
甚至它前面的每一棵树中
也安上了特别的电灯,呈现
完全的绿色
就像一个个仙人站立在那里

九月的夜空,星星细碎
早已被淹没

那时我分别接到老胡和老陈的电话
他俩不知道我正流光溢彩地
从这座空荡荡的建筑前
走过

2021. 9

号 叫

以前
住在平房里
如果有人深夜来找我
那是欣悦的事

在灯下简简单单地喝酒
听火车的汽笛声
那样的号叫,真的与我们无关

2021.8

今天这么早

人世之外的东西,往往怀抱着自身的经验
对人世进行审视

今天这么早,河流已冷
猫在空中
火星横搁在屋顶

有一件事我不做了,所以在大地上
一身轻松
其他的事物,它们相互之间
总是越长越相像

2021.9

卧 铺

半夜醒来,在微微摇晃的火车中
看到外面无边的黑夜
应该是河北平原
看不清什么
是不是房子、树木,都无法判断

不久到一个站台停下,灯光的力度不够
有几个人上车
听到站台上的脚步声
我努力睁眼看到了站名,但没有记住

火车上都是转瞬的事物,尤其夜行中
光影的笔触太过微弱

2021.9

天气已凉

天气已凉
在这个秋天,我开始沉下心
读一部长篇小说
在书中
我看到许多扛着锹的男人
而我
也扛着一把锹,在人群的后面
渐渐跟上去

2021.9

没法洗掉

有时心里一惊,好像人生的经验
刚刚聚集
又散了

那凉凉的明亮,不一定是雨水
却确实是雨水

我越来越对大地着迷,设想着
排除障碍穿过它
大地上有什么
事实上,什么也没有
但值得我反复琢磨
那样的气味,没法洗掉

2021. 9

雨　水

曾经喜欢雨水
后来厌恶
现在又微微喜欢

大半生已经过去了
我常躺在床上,并不去阳台上
雨在外面
并不是一件与我无关的事物

必须承认
一直在与它搏斗
但终未分出胜负

2021.9

眺　望

我习惯了从 23 层楼上眺望
高铁
集装箱码头
再远一点的城区

天空看起来毫无动静
其实一直在响
我听到了它俯身向下
把一首来自它巨大胸腔的乐曲
像光芒一样，刺入大地
有关万物，有关生与死

2021.9

去齐城玩

在汽车站售票窗口前
我和一个朋友准备买票
去西边的夏城
另一个朋友
不期而遇
他说我们不如一起去东边的齐城
玩

很快,他姐夫的卡车路过这里
我们三个
一起上了卡车

卡车继续前行
在齐城,我们一直玩到天黑
卡车办完事
回头,又路过齐城

大部分是水乡、平原
一小部分是山区
卡车射出的光束畅行无阻
偶尔被树木在瞬间清脆地折断

2021.11

实 现

突然涌现的星空
让我瞬间变得干净
之前我仿佛从一个砖瓦厂中
一身肮脏
才出来

默默地走路
只是偶尔一抬头

这个初冬之夜送来我一直想要的东西
多年的愿望
实现得这么快

2021.11

坐在卡车车厢中

我没有这样的经历
让卡车捎我一段
坐在车厢中
天野广阔

河道取直以后,堤面铺上柏油
可以通车
但没有卡车

而河面上也没有船只航行
因为码头迁到了下游
以前我有过多次搭便船的经历

多么想孤独地坐在卡车车厢中
几颗高冷的星星
真的与我的身体无关

2021.12

后 记

这里收录的作品写于 2004 至 2021 年间,跨度 17 年。没有分类,大致按时间顺序编排。2004 年于我是一个特别的年份,中断多年以后,我又重新写作。

这个集子是我写作的阶段性重要总结。它呈现了我参与某种诗歌进程的真实历史。

诗集共收录近 300 首诗作。其中一部分诗作注重超验的书写;一部分诗作写的是亲情及我对生老病死的一些感受和思考;一部分诗作是对故土的描述,魔幻色彩较浓,但这不是我有意为之。

还有少部分诗作是对我早期写作生活的回忆,没有对时代背景的明确描述。

更多的是我旅行时所写的作品,它们不是旅途的实录,而是生命体验在我脚步上的投射。

还有很多诗作貌似是对现实生活,尤其是对周围环境的反复记录。但这不是我个人的行动,而是与时代息息相关。

我的很多诗作中不断出现雨水、大鱼、船只等意象,这并非我的虚构,而是在我生命的历程中它们笼罩在我身上的真实的光影,是不可能褪掉的固执的印记。

我喜欢不虚伪的简洁的叙述方式。这样的诗作不是对现实呆板的描写,更不是现实主义。尽管它看起来极像是现实的实录。它真实的面貌隐藏在简单的文字后面,它创造了另一种比现实还真实的现实。

一个诗人必须是独特的,有自己的一些想法和做法,默默而写,从不去追求诗歌之外的什么东西,并能承受甚至乐于被漠视和埋没。

汪抒
2021.12